22を超えてゆけ・III

宇宙の羅針盤

上

辻 麻里子 著

ナチュラルスピリット

欠けないはずの太陽が欠ける。
新月の空に月が見える。
異なる二つのものが出会う時、
そこにゼロポイントができる。

時空の旅のはじめに

『22を超えてゆけ』シリーズには、暗号がちりばめられています。シリーズⅠでは、主人公のマヤが夢のなかで見た謎の計算式を手がかりに、人類の過去から未来にわたる、すべての記憶を記しているという「宇宙図書館」へと旅立ちます。この図書館の入口には、「汝《なんじ》自身を知れ」「汝自身で在《あ》れ」という二つの言葉が刻まれています。現在、過去、未来の時間軸と空間軸が交差しあい、いくつもの次元が重なったなかを、難問をクリアしながら太陽の国へと向かってゆきます。また、シリーズⅡの『6と7の架け橋—太陽の国へ Ver.2』では、「エリア＃6と7の間を修復せよ」「朽ちることのない杖」「封印された7つの珠」「すべてを映し出す透明な鏡」という断片的な言葉を頼りに再び多次元へと旅立ちます。

そして、シリーズⅢの『宇宙の羅針盤《らしんばん》』では、知恵の紋章と勇気の紋章、数字や図形を解読しながら、宇宙創造の仕組みに迫ります。時を超えて解き明かされる宇宙の真実、星の扉、シンメトリーの図形、Z＝1／137とは……。記憶のかけらが織り込まれ、ついに一枚の地図になりました。

さあ、宇宙の羅針盤を持って、時空を超えた多次元の旅へと出かけましょう。

目次

宇宙の羅針盤 上

＊この本は、独立した作品となっていますので、『22を超えてゆけ』全シリーズを読んでいなくても、読み進めることができます。

第1章　太陽の図形

ほの暗い夜明け。人々がまだ深い眠りについている頃、一人起き出し、消えゆく星を眺めている。

白々と夜が明け、まだ昇らぬ太陽に、ある種の期待と不安をいだきながら、ただひたすら、その時が来るのを待っている。

夢と現実の狭間、夜と夜明けの境目で、たしかに「それ」は動きはじめていた。


目を閉じて、耳を澄ませば、どこからともなく、かすかに音が聴こえる。それは一定の速度を保ちながらも、なにかが高速回転しているような音だった。朝一番の光と共に、その音は刻々と大きくなってゆく。

透き通った光を発しながら、昇りゆく太陽は刻一刻と輝きを増してゆく。そして、太陽が完全に姿を現した時、一瞬、この目を疑った。太陽の中心になにか黒いものがあり、それは太陽の光のなかで躍っているようにも見えてきた。

……太陽の中心でだれかが躍っている？

まさか、そんなはずはない。

冷静に観察を続けてみると、太陽の中心に点が打たれ、回転しながら軌跡を描いているようにも見えてきた。光の軌跡は蓮の花のような形になり、クルクルとまわり続けている。回転によって絶えず違う面を向けているはずが、常に全体の形は変わらない。よく見ると丸い点は透き通った球体で、その球体のなかには光で描かれた幾何学模様《きかがくもよう》が浮かびあがっている。

「なぜ、太陽の真ん中で図形がまわっているんだろう……？」

脳裏《のうり》には、さまざまな疑問があらわれては消えてゆく。今、目の前で起きている光景を冷静に分析しようと試みるが、いくら記憶の底を検索しても、この状況を説明する「言語」が見つからない。ただ、呆然《ぼうぜん》と立ちすくみ、この光景から目を離せずにいると、やがて太陽の中心で回転している球体から、一粒の光が零れ落ちて来た。

その雫は透明な緑色をしていて、地上２メートルくらいの高さのところで静止すると、光の球体になって再びまわりだした。それはホログラムの全体を映す、一粒の光のようにも見えた。

物音を立てないようにゆっくりと……同じ距離を保ちつつ、息をひそめて目の前にある球体のまわりを歩いてみる。しかし、不思議なことに、どの方向から見ても、球体のなかにある図形は、全く同じ形に見えるのだ。それはまるで、月がいつも同じ面を向けて、地球のまわりをまわっているかのように……。

おそらく、この球体の下にもぐり込んでも、同じ形が見えるだろう。しかし、球体の下にもぐってみる勇気は持ちあわせてはいなかった。どこに仕掛けがあるのか。球体のなかに鏡かなにかがついているのだろうか？　でも、いったいそれはどんな構造の鏡だろう？

ただひとつ理解できたことは、この球体は少なくとも3次元の物質ではないということ。もし、これが3次元の物質だとしたら、球体のなかにこのような図形を入れて、すべての角度から絶えず同じ形が見えるはずがなかった。それに、この球体は鉱物でも植物でも、ましてや動物でもなく、けれども有機体のようでもあり、たしかに生き物のようなぬくもりが感じられた。

「もっと、わかるようにして」
光の球体に向かって叫ぶと、球体のなかの図形が透明から薄い銀色に変わった。
もしかしたら、この球体とは意思の疎通ができるのかもしれない。
「もっと」

図形は銀色から金色に変わり、点滅しはじめた。

「もっと」

そして、金色から白金になり、さらに光を増しながらみずみずしい白金色に輝いている。

しかし、これ以上いくらリクエストをしても「それ」は変化せず、互いの間には困惑したような空気が流れていた。


あたりは輝きを増し、太陽は淡いエメラルドグリーンに変わっていた。宝石のような透明な緑色の光が空に映っている。

「あっ、太陽が……緑。緑の太陽だ！」

ついに、緑の太陽があらわれたのか……待ちに待ったこの瞬間を、見逃さないようにしなくては。とっさに、右斜め45度の角度に視点を向けて、脳裏に浮かぶスクリーンに意識を向けると、かつて聞いた古代の伝説の一節が甦《よみがえ》る。


……太陽が緑の炎をあげるとき、藍《あお》い石は語り出す、いにしえの未来を。

……蒼ざめた世界に緑の炎がかかるとき、われらは思い出す、新たな過去を。

……目醒《めざ》めよ同志たちよ。さあ、時は来た。

1万3000年ぶりにめぐってきたこの時に、震える想いで太陽を見あげていると、涙がとめどなくあふれてゆく。太陽から放たれる光の矢のその先端には、太陽の雫がキラキラと虹色に輝いて見える。

……でも、ちょっと待てよ。

太陽が緑ということは、もしかして、もしかすると？

天にも昇るほどの有頂天な状態から、ハッとわれに返る。

「夢だ！　これは夢。夢、夢、夢！」

そう、夢のなかでは色が反転することがある。白は黒に、黄は青に、赤は補色の緑に……。

自分が夢のなかにいることに気がつき、この出来事を残らずダウンロードしようと、慌てて接続コードをつなごうとする。目の前で繰り広げられている光景をすべて覚えていられるように、目にもとまらぬ速さでグリッドを設置し、球体のなかにX軸、Y軸、Z軸の三方向からなる座標軸の設定を試みていた。時間軸と空間軸の設置と、そして、最も重要なポイント。そう、この夢に相応しい「題名」をつけなくては……。

「太陽の図形」

「回転する図形」

「太陽から生まれた蓮の花」

「太陽の中心にあらわれた黒い点」

「〇　・　」

「それ？」

……それ、では座標軸は設定できない。


いくら言語を探しても、目の前の光景を描写する言葉が見つからない。腑《ふ》に落ちる言葉、時を超え場所を超えても響き続ける音、ハートの中心にしっかり固定する「題名」を見つけられない。焦ればあせるほど、グリッドの設定が曖昧になる。中心にしっかりと着地しなければ、この記憶は揺らいでしまう……。

もたもたしているうちに相手に感づかれたようで、「それ」はハッと一瞬動きを止め、お互い見つめあっている。

その数秒後に「それ」は音もなく逆回転をはじめ、時間を巻き戻してゆくようだった。そして、見るものを撹乱《かくらん》させようとしているかのように、変幻自在にいろいろなことを仕掛けてくる。こうなったら、最後の奥の手を使おう……

……迷った時は太陽に聞いてみる。

太陽をまぶしそうに見あげると、銀色の光が螺旋《らせん》を描きながら粉雪のように舞い降りてくる。次から次へと舞い降りてくる光のかけらの、その一つひとつに、雪の結晶のような図形が描かれているのが見えた。銀色のディスクのようなものを拾いあげてみると、その裏側には調和のとれた、シンメトリーの図形が描かれている。その調和的な美しさに、思わず息を呑《の》む。

この図形を見ているだけで、自分のなかの不調和な部分が、本来の形に調律されてゆくようだった。正しい音を聞くうちに、正しい音にチューニングされてゆくように、図形にも音と同じような作用があるのだろうか。そのフォルムは、かつてこの地球上で一度も見たこともない、宇宙の根源から放たれる純粋な光のような完璧な形状をしていた。

後から後から舞い降りてくる図形とともに、太陽からは数字が螺旋を描きながら降りてくる。調和の取れた図形と数字に埋もれながら至福の状態になり、完全に時間が止まりそうになっていた。このまま深い眠りに落ちてしまうのか……。だんだんと意識がぼんやりとしてくる。

それでも、太陽を見つめ、太陽の中心にある図形だけは決して忘れないようにと脳裏にその残像を焼きつけている。だんだんと太陽の光が微細になり、もうこれ以上「それ」を見続けていることは難しそうだ。消え去る映像の彼方に、ぼんやりと人型のシルエットが浮かんだ。それはだれなのか確認することはできなかったが、その人に向かって最後の力を振り絞り、言葉を発してみる。

「ちょっと待ってください……図形忘れていますよ。置いていかないでください。図形……」

その人型のシルエットは、なにも言葉を発することはなく、微笑みを浮かべながら光のなかに溶けてゆく。

……ああ、この雪の結晶のような図形の山をどうすればいいんだ。

まさか、これらの数字と図形をつなぎあわせて、新しいシステムを構築しろとでもいうのだろうか……？

膨大な数字と図形に囲まれながら呆然とたたずみ、なすすべもなく……ついに、グリッドと夢の題名の設定をあきらめて、自分の肉体に意識を戻してゆくのだった。キラキラと輝くシャワーのような音につつまれていると、記憶はこなごなに砕け散り、細かい粒子になっていった。

＊＊＊＊＊

寝返りを打ったら……マイナス36点。

頭の中心を動かしたら……マイナス49点。

目を開けたら……マイナス64点。

だれかと会話をしたら……マイナス81点。

目覚まし時計が鳴ったら……


突然、ケタタマシイ音が鳴り響き、部屋の壁を揺さぶっている。目覚まし時計の音が、たった今見ていた夢のかけらを蹴散《けち》らしてゆく。だれだ、目覚まし時計をかけたのは？

目覚まし時計の音では起きないようにする、というのが「夢の調査」をするうえでの基本的なルールなのだが……。慌てて飛び起きて、音源を求めて手を伸ばすが、普段、目覚まし時計を使う習慣がないので、時計がどこにあるのか、すぐにはわからない。

音源に向かって枕を投げつけてみたが、ケタタマシイ音は、こもった音をたてながらも、まだ音を発し続けている。マヤは頭から布団をかぶり、耳をふさいでいた。


そう……これらのマイナスの数字を合計すればわかるように、意識を保ったまま夢から帰還するには、よほど注意を払わなければ、ほとんど持ち点がなくなってしまうのが現状なのだ。

最も効率の良い方法とは、最短距離を頭のなかでシュミレーションしながら、息をひそめて、そろそろとノートに手を伸ばす。どの光景を記録すれば、最も多くの情報を正確にダウンロードできるか。すべての数字、すべての図形を書きとめることは不可能だろう。それならば、一番重要であろうもの、夢の核心となる図形を書き記さなくては……。

「夢の調査」をしているマヤにとっては、夢から醒《さ》めた直後になにをするか、実はここから先が、肝心なプロセスなのだ。厳密《げんみつ》に言えば、どんな夢を見たかではなく、どんな夢を覚えていられたかが重要であって、夢から戻った後、自分の肉体を1ミリでも動かしたら、夢で見た映像は次から次へと朝日のなかに消え去ってしまう。いかに肉体の「中心軸」を動かさずに、枕元にあるノートとペンまで手を伸ばすか、それが重要なのだ。

そう、夢を書きとめるにはコツがある。

だらだらと文章を書き連ねていると、文章を書くことに意識が集中してしまい、肝心の夢のエッセンスは次から次へと消え去ってしまう。ここでは、きちんとした文章を書こうとせずに、キーワードだけを拾ってゆくことが得策なのだ。

また、キーワードを拾うことによって、後から「キーワード検索」もできるようになる。夢の検索システムの構築は、集合意識にアクセスするうえでも、重要なファクターになっている。夢のキーワード検索を用いることによって、一人ひとりの個人的な夢の地図は一段と再現性と客観性を増し、いつの日か人類共通の夢の地図が描けることだろう……。

とはいうものの、はじめのうちは、キーワードを三つか五つ拾えれば上出来で、そのうち、七つ、九つと増やしてゆけばいい。その理由はよくわからないが、キーワードの数は偶数よりも、

3、5、7など奇数のほうが覚えていられる確率が高くなる。過去の経験から判断すると、通常、人間の瞬間記憶システムは、7個プラス・マイナス2個のようにも思われる。

ただし、通常の夢はこの記述方法でいいのだが、ごくまれに厄介な夢が配信されることがある。それはどんな夢かというと、第三者から意図的に見せられているような、自分の想像力をはるかに凌駕《りょうが》した夢で、その時は決まって光で描かれた数字と図形があらわれる。

こんなものは自分の管轄外《かんかつがい》だと思うのだが……マヤは数字と図形の夢をよく見る。「こんな夢を見るのはカテゴリーエラーで、本来は数学者や科学者のところにこの種の夢は配信されればいいのに。自分のような普通の人間に、こんな夢を見せてどうするつもりなのか」と、マヤは不思議に思っていた。

現に、この宇宙のある次元領域には、数字や図形を使ってコンタクトを取ってくる存在がいる。しかし、聞くところによると、この領域の言語は、1パーセントの翻訳ミスも許されていないそうなので、あまり関わりたくないというのが正直なところだった。99パーセントあっていれば、それでいいのではないかと思うが、「図形や数字は宇宙のマトリクスなので、1パーセントの誤差も許されない」ということが真相らしい。

「ああ……。だれか同じ夢を見た人はいないのかな」

そんなことをつべこべ言っているうちに、肝心の夢が色褪《いろあ》せてきてしまう。

おもむろに目を開けた瞬間、夢で見た光景はだんだんと薄くなり、光のなかへと消えてゆく。カメラのシャッターを押すように脳裏に焼きつけて、今、見た光景をノートに走り書きする。こんな時は、余計なことはなにも考えずに、いい悪いなどの判断をせずに肉体を「自動操縦」に切り替える。意識を肉体から外して、ただひたすらペンを走らせてゆく。頭のなかは、無駄なお喋りをする「言語モード」には切り替えず、数字の周波数に完全に意識をチューニングする。自分の心を透明にして、異なる二つの世界をつなぐ通路になることに徹すれば、そこに自我や我欲というものが介入する余地はない。

長時間の潜水から地上に戻ってきた時のように大きな息をついて、肉体を通常のモードに切り替えると、だれにも聞こえないような小さな声でマヤはつぶやいた。

「……夢で見た映像を録画できればいいのに」

夢で見た図形は左右対称のシンメトリーで、非の打ちどころのない形状をしていたのに、なぜその図形を正確に再現できないんだろう……？

夢を解析するには、脳の配線図でもある「図形」を解読しなければ、全貌《ぜんぼう》はつかめないだろう。木を見て森を見ず、ということにならないように、空を飛ぶ鳥の視点になって全体を俯瞰《ふかん》しなければ、自分が今どこにいるのかわからない。いつまでも、言葉の切れ端にしがみついていては、人類の集合意識の全体像をとらえることなどできない。それはまるで、地面にへばりついている人類が、宇宙空間から地球を見ないかぎり、地球がどういう形状をしているか、実感できないのと同じようなことだろう。

夢のなかで見た多次元の映像を、2次元平面のノートに書き写すには、しょせん無理がある。幾つもの次元をたたみ込んだ末に、ノートにはつい数分前に見た光景をあらわす陳腐な2Dの平面図だけが残った。


「……夢で見た映像を3Dで描けるペンはないのかな？」

ノートには真ん中に○が一つ。そのまわりに八つの○が円を描きながら等間隔に並び、八つの○には、内接する△が描かれている。

ただ、それだけ。

「……まさか、これを解読しろとでも？」

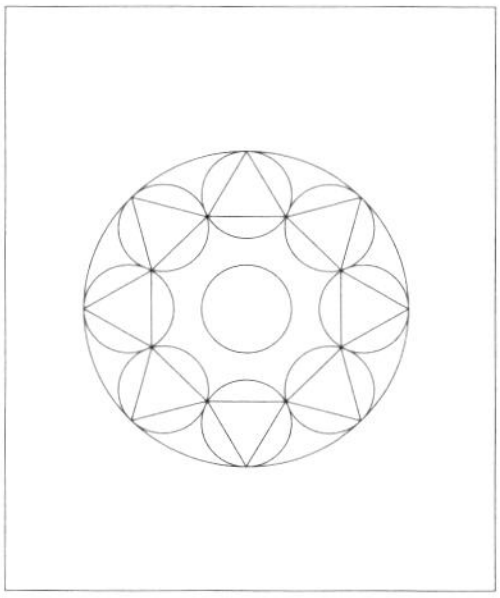

思わず、笑ってしまうしか方法はなかった。他にだれか目撃者はいないか、まわりをキョロキョロしてみたが、ここは自分の部屋のなかであって、他にだれもいるはずがなく、だれかがいたら、かえって一大事だろう……。それでもなにかヒントは残されていないか、部屋のなかを見渡してみても、手がかりになりそうな痕跡は、なんら残されていなかった。

この図形の意味を解読するために、また多次元への旅に出るのかと思うと、マヤは肩を落とし、深いため息をついていた。
本当のことを白状すると「また多次元への旅に出かけたいな。この現実の世界は退屈だから」と思っていたが、今回はあまりにも手がかりが少なすぎる。残されたヒントは、ノートに走り書きした平面図と、その図形が「銀色」から「金色」そして最後に「白金」に変化したことくらいなのだから……。色を手がかりにして夢を解読するのもいいけれど、それでは細部までデータが取れないだろう。

……キラキラと舞い落ちる図形は、なんだったのだろう？

銀色のディスクに描かれた図形が、クルクルと回転しながら舞い降り、そのなかにはかつてどこかで見たことがあるような図形も含まれていた。雪の結晶のような図形が、少なく見積もっても３６０個はあったような気がする。それに、螺旋を描きながら降ってきた数字と来たらもう、百、千、万、က億、兆、京……天文学的な数に及んでいた。まさか、これらすべてを解読しなくてはいけないのかなと、マヤはいやな予感がしていた。
……それにしても、太陽の前で回転していた図形は、なんだったのだろうか？　太陽の円盤のようにも見えたけれど。

長いこと夢を観察してきたが、今まで一度もこんなものは目撃したことがなかった。太陽がひと皮むけて、透明な光を放っているようにも見えていたが……。「これは単なる夢ということにして、記憶から消去してしまおうか」そんな想いが脳裏をかすめた。

しかし、現実世界にフォーカスすると、今日はたしか……「月齢0」の新月にあたる。太陽と月と地球が一直線に並ぶ新月の日は、不思議な夢を見る傾向にあった。それはまるで、個人的な夢というよりは、人類の集合意識から配信される夢のようであり、人間の意識を超えた存在が見せているような……地球が見る夢のように感じることさえあった。

マヤはノートに描いた図形を複雑な気持ちで眺めていた。これは、どこかで見たことがあるような、懐《なつ》かしさと親しみやすさがある反面、無闇に立ち入ってはならない、神聖なもののように思えたからである。この図形は、明らかに古代文明と関連がありそうで、それでいて未来の科学を示唆《しさ》しているようにも見えた。もっと具体的に言及すれば「太陽の円盤」のようであり、古代人が使っていた「銅鏡」と呼ばれているものにも形が似ているし「宇宙船の推進力」にも見えるのだった。

……これは過去から来たのか、未来から来たのか。時間軸の設定が難しいな。

なぜ時間軸の設定が難しいかというと、座標軸の設定が曖昧で、年代を特定するためのグリッドがゆがんでいたからだ。マヤは途方にくれたまま、なんの考えもなく、肉体を自動操縦に切り替えて、何気なく図形のなかに数字を書き込んでゆく。

左まわりにひとつずつ数字を入れて、最後に「8」という数字を描いた瞬間に、あたりの色彩が変わり、図形の中心が渦を巻きはじめ、その渦はだんだん大きくなってゆく。どこからともなく突風が吹き荒れ、手当たり次第にいろいろなものを吸い込んでゆく。マヤは咄嗟《とっさ》になにかにつかまろうとしていたが、その渦はますます力を増して、床にしがみつくマヤを引きはがそうとする。気がつくと、身体がふわりと浮き、抵抗むなしく身体は風に巻きあげられた木の葉のように揺れている。

有無も言わせず、あらゆるものが渦巻きの中心に吸い込まれてゆく。ろくに息もできず、なすすべもない。前後、左右、上下もわからず、それでもなにが起きているのか目撃しようと目を少し開けてみると、数字が身をよじらせながら、渦巻きの中心へと吸い込まれている。

色とりどりの数字があらわれたかと思うと、次の瞬間には奇妙に変形しながら、歓声をあげて渦の中心へと消えてゆく。目の前で繰り広げられるこの奇妙な光景は、自分の想像力をはるかに超えていた。この渦巻きの先にはなにがあるのだろう？　中心からは目も眩むほどの光が発せられ、それはまるで光の湧き出す泉のようにも見えた。

ふと、だれかの視線を感じ、振り返ると、ひときわ金色に輝く数字がたたずんでいた。なぜ、この数字はこんなに光っているのだろうと思った瞬間に「ハッ」と、その数字と目があったような気がした。数字はニカッと笑い、マヤに向かって「ようこそ」と、言葉を発した。

唐突《とうとつ》に「ようこそ」と言われても、困ってしまう。

ようこそって、いったい、どこへ……ようこそなんだ？

突風に巻きあげられた数字たちは、螺旋を描きながら渦巻きの中心へと消え去ってゆく。

「これは夢だ」

いや違う。正確に言えば、さっき見ていた夢の世界へと、再び引き戻されてゆくのだった。

第2章　宇宙図書館の新たな謎

《数字的なアプローチ》

あたりは風がやみ、何事もなかったかのように、おだやかな光につつまれていた。ようやく安堵のため息をつき上空を見あげると、抜けるような青空がどこまでも、どこまでも拡がっている。視点を徐々に降ろしてゆくと、ちゃんと自分の肉体があって、宇宙図書館へと至る33段の階段を昇りきったところに立っていた。「33」という数字と目があったから、宇宙図書館の階段の33段目まで飛んできたのだろうか？

……それは、あまりにも単純すぎる。

「33」とは、この宇宙をあらわす定数で、いわば宇宙のマトリクスであるとかつて聞いたことがあるが、その科学的根拠についてはなにもわからない。自分の内側の小宇宙《ミクロコスモス》をあらわす33は、

宇宙図書館の入口

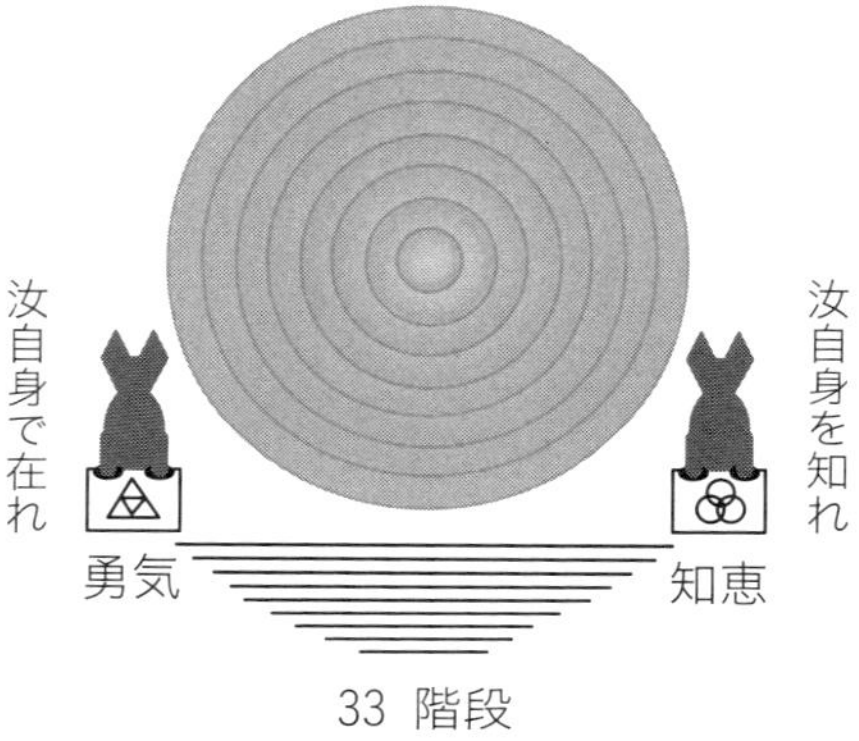

自分の外側にある大宇宙《マクロコスモス》をあらわす33でもあり……個であり全体、全体であり個というマンダラ構造をこの数字は示しているらしい。しかし、その根拠がどこにあるのか、マヤには良く理解できなかったが、ただ、目の前にある現象としてわかることは、宇宙図書館へと至る階段は何度数えても33段あること。この階段はミクロの世界とマクロの世界、地球と宇宙をつなぐ階段でもあるという。

33段の階段を昇り切ると、その左右には石の台座が見えてくる。右側には知恵の紋章と「汝《なんじ》自身を知れ」という言葉が、左側には勇気の紋章と「汝自身で在《あ》れ」という言葉が刻まれている。

宇宙図書館と呼ばれている領域は、過去から未来にわたるすべての情報を検索することができるが、ここでのルールは単純明快で「自分自身を知ること」と「自分自身で在ること」。知恵の紋章と勇気の紋章に意識をチューニングして、ゼロポイントの中心にフォーカスすると、前方にある扉が渦を巻き、宇宙図書館にアクセスできる仕組みになっている。

……でも、なにかが違う。

宇宙図書館の扉の前で、不思議な気持ちでたたずんでいた。

心を透明にしてゼロポイントにフォーカスしても、宇宙図書館の扉は一向に渦を巻かない。何度か同じことを繰り返してみるものの、前方にある扉は動く気配すらなかった。

実のところ、33段の階段を登り切って、扉が開かないなんてことは、マヤにとってはじめての出来事だった。たとえ、宇宙図書館へと至る階段の、11段目や22段目あたりで意識を保てなくなりフェードアウトしたり、渦巻きのなかで気を失ってしまうことはあっても、33段目までやって来て扉が開かないなんて……。長年、宇宙図書館にアクセスしているマヤにとっても、こんな時はどうすればいいのか、全く見当もつかなかった。こんなことは、マニュアルにもどこにも書かれてはいない。

ともかく、緊急脱出経路を探してみよう。

マヤは虚空《こくう》に向かって渦巻きを描き、接続可能なゲートを目にもとまらぬ速さで検索する。しばらく同じ作業を続けていたが、現在、接続可能なゲートが見つからない。

「待てよ、……もしかしたらゼロポイントになっていないのかもしれない」

そう考えたマヤは、心のなかにX軸、Y軸、Z軸からなる座標軸を設定して、その中心点をとってみる……。しかし、なんら変化は見られなかった。

数字の0を虚空に描いてみる……。

ゼロポイントの図形を描き、ジッと見つめてみる……。

目を瞑り、脳裏《のうり》にゼロポイントの図形を思い浮かべてみる……。

ゼロポイントの図形を、額に貼りつけてみる……心臓付近に当ててみる……。

440ヘルツ周辺の音にチューニングしてみる……。

今までやってみて功を奏した方法をいろいろと試してはみたものの、依然、宇宙図書館の扉は開かなかった。

しかし、こういう時は、焦《あせ》ってはいけない。なぜなら、あせると心を透明に保つことが困難になり、ゼロポイントから外れてしまうから。この領域では、常に冷静沈着であることが重要なのだ。

意識を肉体から離して、鳥の視線になって上空から自分のことを悠然《ゆうぜん》と観察してみれば、X軸、Y軸、Z軸は、心臓付近にあるハートの中心のゼロ地点で交差している。たしかにゼロポイントにフォーカスしているようだ。それでも、宇宙図書館の扉が開かないということは、他に要因があるのかもしれない……。

マヤは腕組みをしながら、虚空の斜め45度を見あげていた。

ふと、視線をおろし何気なく扉の左側にある石の台座に視線を移したまま、開いた口がふさがらなくなっていた。そして、ついには大声で笑い出してしまう。

扉が開かないという不測の事態からくる緊張感から解き放たれたように、こんな時はもう笑うしか対処のしようがないのだろう。なぜなら、台座に描かれているはずの勇気の紋章が、忽《こつ》然《ぜん》と「数字」に変わっているのだから……。

11235813213455891442333776109871597258441
816765109461771l……


「……なんで、勇気の紋章が数字に？」

宇宙図書館の入口の、向かって左側にある石の台座には勇気の紋章が描かれていたはずなのに……。

そう疑問に思いつつも、条件反射のように数字を1から順番に、声を出してたどってゆく。

そして、再びスタート地点に戻り、「そうか、最初にゼロがないんだ！」とマヤは嬉しそうな声をあげていた。
1、2、3、4、5、6、7、8、9、10……と数える時も、必ず最初はゼロから、0、1、2、3、4、

5、6、7、8、9、10……となるのがこの宇宙図書館では常識だった。この数列の最初にゼロが抜け落ちているから、宇宙図書館の扉が開かないに違いないと思ったマヤは、一番先頭に数字の「0」を書き足してみた。

これで、宇宙図書館の扉が開くはずだ。マヤは自信満々の顔つきで、宇宙図書館の入口の前に立っていた。しかし、空白の時間が流れ、自信に満ちた顔も、だんだんと翳《かげ》ってゆく。いくら待っても、扉はびくともしない。マヤはあきらめたような表情で再び台座に刻まれた数字を眺めていた。

こんな時はどうしたらいいのか全くわからずにいたが、それならば知恵の紋章はどうだろう。右の台座を見に行くと、そこには知恵の紋章の代わりに、予想通り数字が羅列《られつ》されていた。よく見ると勇気の紋章の数字とは若干配列が違うようだ。

23571113171923293137414347535961677173798
38997101103107109113127131137……

ところが知恵の紋章の方の数字配列は予想を超えて、なんの法則性も手がかりも見つからない。隣同士の数字を足したり、掛けたり、ひねったりしてみたが、そこにパターンはないように思われる。薄っすらと浮かぶ数字と数字の境目に沿って数字を区切り、ひとつずつ数字を指でたどってゆくと、2、3、5、7、11、13、17、19、23……だんだん数字が大きくなっていることだけはわかったが……なんだろうこの数字は？

知恵の紋章と勇気の紋章が、忽然と数字に変わっているなんて、カテゴリーエラーだとマヤは思った。そう、この宇宙図書館の用語でいう「カテゴリーエラー」とは、時間軸と空間軸があっていない現象のことを指す。たとえば、夢の世界では、時間軸と空間軸があっていないものは消去される運命にあるように、この宇宙図書館でも時間軸と空間軸に整合性のないものは、エラーとされている。右斜め45度の位置に「カテゴリーエラー」の表示が点滅している場合の対処法は、さっさと別の時間領域もしくは別の空間へ移動するか、もしくはアクセスコードを切断して3次元の現実世界へと戻ること。

そもそも、宇宙図書館という領域は、夢見の状態からだれでも自由にアクセスできる仕組みになっている。たとえば、無自覚のうちに夢のなかで宇宙図書館を訪れている場合もあるが、寝ぼけた意識状態では夢の内容を正確に覚えておくことは難しい。意識を保ったまま、宇宙図書館の領域にアクセスすることが大切になる。別の言い方をすると、宇宙図書館にアクセスするということは、目醒《めざ》めた意識で夢を見ることでもあり、意識的に夢見の状態を創ること。目醒めたまま脳波をθ《シータ》波に保つようなものかもしれないが、なにも難しく考えることはなく、ただ単に「ゼロポイント」の図形の中心にフォーカスすればいい。そして、X軸、Y軸、Z軸の三方向の軸を取り、ゼロポイントの図形をハートの中心に重ね「カチッ」とはめる。ただそれだけのこと。

なんて簡単な方法なのかと思われるかもしれないが、惑星意識と人類の集合意識が同調しつつある今だからこそできる方法であって、21世紀より以前にはもっと複雑なプロセスを踏んでいたのだという。

そういうマヤも最初からこの状態を自在にコントロールできたわけではなく、ここに至るまでは紆余曲折《うよきょくせつ》を経てきた。最初は宇宙図書館へ至る階段の9段目で居眠りをしてしまったり、22段目あたりで眠りほうけてしまったり……。

余談だが、宇宙図書館へ至る階段の何段目で、意識を保てなくなるかその「数字」によって意味が異なり、そこから先へと進むために乗り超えるテーマがわかる仕組みになっている。

そんなこともあって、33段まで登り切ったのに宇宙図書館の扉が開かないなんて前代未聞。これはカテゴリーエラーに違いないと思えるのだった。

さっさと、アクセスを中断しようと思った矢先に、数字に変わった知恵の紋章の内側から順番にたどっていた指が、ある数字のところでピタッと止まり前に進めなくなった。

なぜかわからないけれど、指は1という数字のところで止まっている。その続きを思わず条件反射のように、声に出して読みあげてゆく。

「1、3、7……137？」

数字を指でたどり「137」と読みあげた瞬間に、前方にある宇宙図書館の扉が音もなく渦を巻きはじめた。扉が開いたことを喜びつつも、なんで、「137」なのかという疑問が生じ、マヤは自分の指先にある数字と前方の扉を、何度も何度も交互に見つめていた。

しかし、いつもとなにかが違う……でもなにが違うのだろう？

見慣れているはずの宇宙図書館の扉が、入るのを拒むようなエネルギーを発している。それどころか、なにかが宇宙図書館のなかからやってくるような感じさえした。

「……もしかしたら、渦巻きが逆回転？」

そう、いつもと明らかに違うのは、渦の回転方向だった。逆回転の渦の中心から、微細な黄金の光を発する影があらわれ、だんだんと近づいてくる。あたりには、青いラピスラズリの色彩と黄金の粒子が舞い、そして、バニラにも似た甘い香りが漂っている。その黒い影は、すらりと伸びた四肢をゆっくりと伸ばし、優雅なしぐさで台座の上に座った。

「あっ、アヌビスだ！」

マヤは両手を広げ、子どものような声を出していた。

アヌビスという存在は異界の入口にたたずみ、二つの世界をつなぐ境界線にあらわれる。宇宙図書館を案内してくれる、宇宙図書館のナビゲーターのような存在で、その容姿はしなやかで、気品があり、優雅な雰囲気をかもしだしている。その声は、鈴が転がるような美しい音を発し、バニラのような甘い香りがするのだ。アヌビス本人が言うには地球外からやって来たネコ族の一員だそうだが、背中には羽根のようにも見える黄金の光が揺らめいていて、たしかに地球のネコとは違う。地球でいうところの、ネコ科の大型動物のようにも見えるが、優美で品格があり、相当な知恵者でもあった。

人は子どもの頃の知り合いに会うと、時間を飛び超えて、幼い頃の自分に戻ったような気になってしまうが、アヌビスに会うとマヤは、ついつい子どもっぽさを顔に出してしまう。途中でマヤが9歳の子どもの言語に逆戻りしてしまったら、どうか許してあげてほしい。きっとどこかの星で、アヌビスのようなネコ科の大型動物から、教育を受けた経験があるのだろう。

アヌビスの教え方は、なにかやってみたいことがある時には、いろいろなヒントを出してくれる。しかし、それはヒントであって結論ではなく、こういう方法があるから「試してごらんなさい」と言うだけで、強制的でも、高圧的でもなく、それぞれの自主性を尊重してくれる。創造性を重んじる星の文明では、アヌビスのような存在が、アドバイザー兼遊び相手として、子どもたちのかたわらについて、一人ひとりのペースにあわせ成長を見守っていてくれる。たとえば、じっくり考えて答えを導き出したい子どもには、急がせることなくいくらでも待っていてくれる。この惑星でも、一家に一人、アヌビスのような存在がいてくれたなら、子どもたちはどんなに幸せだろうか……。

「星の子どもたち《スター・チルドレン》」だったらだれだって、アヌビスと一緒に遊びたいと思うだろう……。ベルベットのように、なめらかで温かいアヌビスの身体に触れながら、マヤは遠い記憶を思い出さずにはいられなかった。

夢と現実の狭間、自分の内側の世界と外側の世界、二つの世界の境界線にたたずみ、案内役をつとめてくれるアヌビスという存在は、子どもから大人へ、生から死と呼ばれている世界へ、惑星意識から恒星意識へと、二つの異なる世界の間を安全に移行できるように手助けしてくれる。宇宙図書館を案内してくれるアヌビスは、魂の成長を見守るよき理解者でもあり、知恵の番人のような存在なのだ。

「Z＝1／137　という数式は解けましたか？」

アヌビスはどこまでも優雅な声で、こう言った。あまりにも直接的な第一声に、マヤは意表を突かれたような声を出してしまう。

「ゼット　イコール　137分の1……？」

「そうです。あとひとつ未解読の計算式が残っていますね」

アヌビスは鈴が転がるような声を出している。
そう、アヌビスが言う、あと一つ未解読の計算式とは……
かつて、夢で見た三つの計算式のうち、宇宙図書館にアクセスして回答にたどり着いたのは二つだけ。あともう一つ、未解読の計算式が残っていた。

第一の式は、（9＋13）＋1
第二の式は、Z＝1／137
第三の式は、11＋11＋1

第一の式の意味は、9とは3次元の目に見える完成数であり、13とは目には見えない世界の完成数をあらわしていて、この二つをあわせ「22」を超えてゆくという。しかし、第一の式で問題なのは、人類の集合意識である「22」を超えてゆくには、目に見える世界の完成を迎えた9と、目には見えない世界の力も借りなければならない。それに、9というのは終了のコードでもあるので、この世界で生きたまま、9の世界にとどまることは実のところ難しいのだ。

第三の式の意味は、11とは火と水を統合した数で、11という数字になった二人が、左右の力を同等にすることをあらわしているという。

11という数字について言えば、11は不安定な状態で、よくよく11を観察してみると、10か12に変化したがる性質があることがわかる。せっかく、11という数字を持った人が二人集まったとしても、大抵はどちらかが10、どちらかが12になってしまい、上下関係を築くことになり、そこには不均衡が生まれる。結局のところ13というコードを使えないかぎり、これらの式は使い物にならないだろう。

数字ばかり出てきて、わけがわからなくなってくるが、いずれにしても、「22を超えてゆく」ということは、惑星の進化に欠かせない宇宙の命題でもあるらしい……。

しかし、もっとも厄介《やっかい》なのは、Z＝1／137という数式である。

夢と現実との誤差をあらわす数値とも、太陽の国への扉を開ける鍵とも言われているが、そもそも「Z」がなにをあらわしているのか……疑問である。

AからZ、最終という意味のZなのか。

X軸Y軸の他に、Z軸を設定するということなのか。

ゼロポイント（Zero Point）のZなのか。

Nの90度回転としてのZなのか。

グーグーと居眠りをしている（zzzz……）Zなのか。

その真相は、図書館ガイドの「G」の名前を聞き間違えていて、本当の名前は「Z《ジィー》」だったのか……。

いろいろ理由を探してみても、これという実感が持てなかった。


そのうえ、１３７の逆数、１／１３７となれば、もうお手あげ状態だ。

そう、夢や宇宙図書館の領域では、たいていの場合、先に答えだけがやってきて、その回答に至る根拠を探さなくてはいけない。


……この単純な式を解くために、いったい何年かかっているのだろうか？


「この数式の解答が正式に受理されると、あなたは宇宙図書館のエリア#13でも、どの領域にも自由にアクセスできるようになり、他の銀河も含めた広範囲検索をガイドの手を借りずに自由に行えるようになるでしょう」と、アヌビスは言う。

「それ本当なの？」

マヤは好奇心に満ちた瞳をしていた。

「ええ。この宇宙には、宇宙の創造をあらわす数式があって、その式を真の意味で理解した時、宇宙の創造に参加することができるのです。その数式を解くために、人は何度も転生を繰り返し、3次元の世界にやってくると言っても過言ではありません。ある時は農民になり、ある時は漁師になり、ある時は哲学者に、ある時は天文学者になって。この数式の意味を探し求めるのです……」

アヌビスの説明によると、人はみな、この数式を解くために何度も生まれ変わり、この意味を解くことができれば、宇宙の創造に参加できるらしい。生きているうちに、この数式を解くために、人は何度も何度も転生を繰り返していると言う。

「……アヌビス、この数式はいつまでに解けばいいのですか？」

マヤはちょっぴり自信なさそうに確認してみた。

「そうですね、銀河時間でいうと、この宇宙が存在するまで。

地球時間でいうと、ほぼ無期限です。

なぜなら、この数式は一回の人生で解けるようなものではありませんから、急ぐ必要はありませんが、時間というものは実体がなく、あるように見えて、無く。無いように見えて、あるものです。たとえば、美というものは永遠のなかにあり、そして、瞬間であるように……」

アヌビスの言葉はとらえどころがないが、そのくせ相手の想像力をかきたてるヒントがちりばめられているようだった。しかし、こういう言葉は、受け手側のイマジネーションによって、理解の深さが変わってくる。たとえば、何年も前に聞いたアヌビスの言葉が、時を経てようやく、あの時のアヌビスの言葉はこういう意味だったのか、と後からわかることもしばしばだった。

なぜ、こういうことが起きるかというと、アヌビスの口調は淡々としているということと、あともうひとつ明らかなことは、人の感情を読んで人の恐怖感や欲望をあおり、相手をコントロールしようとしているわけではないからだ。感情の層にアクセスしているのではないので、共鳴することはあっても感情レベルの共感というものに乏しい。人の感情の層につながり、感情をあやつろうとする存在とは、まるっきり動機や意図が異なるからだろう。この状態を感覚的にとらえると「湿度」と「粘着度」と「比重」が違うのだった。

アヌビスの言葉は、羽根のように軽やかで、宇宙の真実に基づく純粋な光の結晶のようなものなので、網目の細かいセンサーを張っていないと、見逃してしまうことがある。そして、アヌビスの言葉はまるでタイムカプセルのようなもので、相応しい時期にカプセルを開くことができるように、ヒントを置いていってくれる。ある一定の意識レベルに到達した時に、そのカプセルは開かれる仕組みになっているようだ。

「美というものは永遠のなかにあり、そして瞬間……」という言葉は、今はわからなくても、いつかきっとこのアヌビスの言葉の意味がわかる時が来るだろう。

それは、今回の人生でかなうかどうかはわからないけれど……。

「……アヌビス、ひとつ質問があるのですが」

「ええ、どうぞ」

「なぜ、知恵の紋章と勇気の紋章は数字になってしまったのですか？」

マヤは台座に刻まれ数字を指さした。アヌビスは長い首を伸ばし、優雅な表情で数字を眺めながらこう言った。

「ああ、これですね。モードが違うだけで、意味は同じことですよ。どのモードでアクセスしても、行き着く先は同じです。なぜなら宇宙の真実は一つなのですから」

「モードが違う？」

「そうです。もう少しわかりやすくご説明しますと、翻訳《ほんやく》ツールが違うのです。翻訳ソフトが数字配列になっているだけなのですよ」

「翻訳ソフトが数字配列に？」

アヌビスがこんなことを言うなんて、マヤは思わず笑い出してしまった。

「でもアヌビス、なぜ、１３７という数字を触ったら……正確には、触りながら数字を言ったら……扉が開いたのかな？」

「それは、あなたが意図したからです」

「意図……？」

マヤはその言葉を発したきり、しばらく首をかしげていた。

「そうです。知りたいという想いを発したからですよ。知恵の紋章と勇気の紋章が図形の場合でも同じことです。図形だけでは、単なる図形でしかありません。そこに、想いを真っすぐに発して、はじめて図形は正確に発動します。数字であっても、図形と同じ仕組みなのですよ。

数字的なことを申しますと、あなたご自身の振動数が、１３７という振動数に共鳴をしたからです。１３７という数字の周波数が、あなたと宇宙図書館をつなぐ接続ゲートになったのです。おわかりですか？」

「……ねえアヌビス、もう少しわかりやすく説明してくれない？」

マヤは真っすぐな目をして、アヌビスの方へと身を乗り出していた。


「ええ、いいですよ。まず、すべてのものには固有の振動数があるのはご存知ですね？」

「なんとなく……そんな気もする」と、マヤ。

「振動数はさまざまな条件下でゆがむことがありますが、数字や図形は固有の振動数を維持しやすい傾向にあります。たとえば、水深３メートルでも、標高３０００メートルにおいても、数字の８は８のままです」

「たしかに、数字は寒くても熱くても変化しないし、冷蔵庫に入れなくても腐らないけれど、それは、数字は生き物ではないからでしょ？」と、マヤは言う。

「あなたは、数字が生き物ではないと思われますか？」

ビー玉のように透き通った瞳で、アヌビスは真っすぐマヤに視線を投げかけている。この目に見つめられたら、なにも隠すことはできず、すべての真実が明らかになってしまいそうだ。

「この宇宙空間において、すべてのものは振動しています。生きているということは、すなわち振動しているということなのですよ。数字も同じです。おわかりですか？

数字はそれぞれ波形を描き、図形は固有の振動数を放っています。その振動数に意識をチューニングすることによって、内側と外側を同調させることができるのです。数字や図形の固有の振動数にあわせることができれば、次元の扉を開けることができるのです。とてもシンプルで美しいシステムですね。

別の言葉を使えば、異なる二つの世界の振動数が共鳴する時、この扉は開かれるものなのです。たとえ宇宙図書館にアクセスしても、受け取る準備ができている情報でなければ、読むことはできません。宇宙からは絶えず真実の光が降りそそがれていたとしても、準備ができているものでなければ受け取れないのです。この扉の仕組みが、おわかりですね？」

なるほど、受け取る準備ができているものでなければ、指の透き間から落ちてしまうのだろう。目の細かい網を使わないと、つかむことができないアヌビスの言葉のように。

「ねえアヌビス、扉の仕組みはなんとなくわかったけれど……別にわたしは137の意味を検索しに来たわけではありませんよ。夢で見た、太陽の中心でまわっていた図形に、数字を書き込んだら、渦に巻き込まれて、宇宙図書館の入口に来てしまっただけですから」

マヤはちょっぴり不満そうな顔をしながら話を続ける。

「それに知恵の紋章も勇気の紋章も数字に変わってしまっているし、宇宙図書館の扉が開かないなら出直してきますよ」


「よく見てごらんなさい。知恵の紋章と勇気の紋章は、数字に変わっただけでしょうか？」

アヌビスは、いたずらっぽい目をしてマヤをジッと見つめていた。マヤは閃《ひらめ》いたように台座に駆け寄り、知恵の紋章と勇気の紋章の数字以外にも、なにかが描かれているに違いないと、目を皿のようにして探してみた。

「……ごらんなさい」

背後からアヌビスの声が聞こえて振り向いてみると、アヌビスは細い鼻先を、虚空に向けて少しすました顔をしている。その方向に目を向けてみると、台座の上空には三角形のような物体が回転している。

マヤは言葉を失い、しばらく謎の物体を見あげていたが、もしやと思い、反対側の知恵の紋章の方を見てみると、そこには雲のかたまりのようなものが回転しているだけで、その形状はハッキリとはわからなかった。あの雲のような回転はなんなのだろう？　台風のようにも見えるし、星々を抱きながら渦を巻く星雲にも見えてきた。

「ねえ、アヌビス。これは勇気の紋章？　それともピラミッドかな……」

「これは３Ｄの勇気の紋章です」

「えっ、なんで勇気の紋章が３Ｄになったの？　勇気が３Ｄなら知恵の紋章の３Ｄはないの？　どうして、どうして……」

マヤの好奇心はとどまることを知らず、次から次へと質問を発していた。

「ただ単にモードが違うだけですよ。いいですか、台座の壁面に描かれていた勇気の紋章とは平面で、台座の上空にある勇気の紋章は３Ｄ。いわば同じ形が平面から立体になっただけです。よく見てごらんなさい。壁面に描かれていた勇気の紋章を四枚組み合わせて勇気の紋章３Ｄはできていますから」

アヌビスがゴロゴロと喉を鳴らすと勇気の紋章３Ｄの回転が止まり、その姿を静止画像としてとらえることができるようになった。アヌビスの言う通り、平面に描かれた勇気の紋章が四枚で、立体を構成しているようだった。

「そもそも、あなたの勇気は次元を超えていますが、残念ながらあなたの知恵はまだ2Dから3Dへと変容の過程にあって、まだ次元を超えていないのです」

たしかに勇気の紋章３Ｄと、ピラミッドを見間違えるなんて、知恵が足りないとマヤは思ったが、すかさず右側の台座の上によじ登り、あたりをうかがっていた。そこには、なにも見えなかったが、目を瞑り、耳を澄ますと、たしかに気流のようなものを肌に感じた。ふと、目を開けると知恵の紋章の台座の上には、雲を寄せ集めるように回転が生まれていた。きっと、この雲のなかに、知恵の紋章があるはずだ。マヤはおそるおそる回転の中心に手を差し入れてみたが、ヒンヤリとした冷たさを感じただけで、雲は指の間からするりと抜けてしまい、全くつかむことができない。

「ねえ、アヌビス……知恵の紋章の立体バージョンって、どんな形なのかな？」

マヤは少し困ったような顔をして、アヌビスを見た。

「想像してごらんなさい。平面的に考えていては、知恵の紋章の立体バージョンには至りませんよ」

「平面的でないということは……」

「わかった。球体を四つ持ってきて、たとえばリンゴを積みあげる時のように、一段目に三つの球を使って三角形を描き、二段目に一つ乗せればいいのじゃない？」

マヤは閃いたように答えたが……、

「球と球の間に透き間ができてはいけません」

と、アヌビスは言った。

「球と球の間に透き間ができない組み方なんて、３次元では無理ですよ。球体同士を浸透させないかぎり、絶対に無理だから……それとも、知恵の輪のようにリング状のものを組み合わせてゆくのかな……」

知恵の紋章の立体バージョンを想像しているうちに、頭がねじれてしまうようで、なにがなんだか、マヤにはわからなくなっていた。

「今のあなたには知恵の紋章の立体バージョンを見つけることはできません。その方法を知るには、あなたの知恵をバージョンアップさせなければ難しいでしょう」

「……でも、どんな形なのだろう。勇気の紋章3Dだけではなくて知恵の紋章3Dも見てみたいな」と、マヤは小さな声でつぶやいていた。

「そうですね、それには、ご自分で知恵を獲得してゆくか、もしくは、どこかの時空領域において、あなたは知恵の紋章を持つ少女に、出会う必要があるかもしれませんね……」

アヌビスは微笑みながら、謎めいた表情を浮かべている。

……知恵の紋章を持つ少女？

マヤは脳裏にスクリーンをビジョン化して、その言葉の響きを頼りに、猛スピードで「キーワード検索」をしてみたが、知恵の紋章を持つ少女とはだれのことなのか、その少女は今どこにいるのか、なんの手がかりも、なんの痕跡《こんせき》も見つからなかった。「知恵の紋章を持つ少女」

というアクセスコードが違うのかもしれない。もしかしたら、アクセスコードを数字配列に変換しなければいけないのかなと思い、マヤは闇雲に数字を入力してゆく。
しかし、脳裏のスクリーンには「カテゴリーエラー」という文字が表示されるだけだった。しばらく「カテゴリーエラー」という文字を冷めた表情で見つめていたが、突然閃いたように、数字を入力しはじめた。
２３５７１１１３１７１９２３２９３１３７４１４３５３５９６１６７７１７３７９８３８９９７１０１１０３……１３７
１３７という数値を入力したところで手を止めると、虚空からだれかの声が舞い降りてくるのだった。

……ライオンの知恵とライオンの勇気を持つ者のみが、

……光の道を歩み続けることができるだろう。

……二つの力が等しくなった時、太陽の国への扉は開かれる。

……その時目醒めている者のみが、太陽の国へと自らの足で歩み入ることができる……

マヤはあきらめたように大きくため息をついていた。なぜ宇宙図書館の扉が開かなかったのか、今ならわかるような気がした。二つの力が等しくなければ扉は開かない仕組みになっていて、勇気の紋章3Dは作動していたが知恵の紋章3Dは消えてしまったのだから……片方の鍵しか開いていなかったのだろう。

「さあ、行きましょう。宇宙図書館へようこそ……」

アヌビスはそう言い残すと、台座の上からヒラリと飛び降りて、渦のなかへと消えてしまった。

それにしても、なぜ、勇気の紋章だけ3Dの立体になってしまったのだろうか。知恵の紋章の立体バージョンとは、いったいどんな形をしているのだろうか……。きっと、知恵の輪のように、頭を使わなくては解けないのだろう。しかし、知恵の紋章の立体バージョンも見たいという好奇心に、マヤは勝てそうになかった。

知恵の紋章も勇気の紋章も数字になってしまったから、出直してこようと思っていたが……数字に変わっただけではなく勇気の紋章が3Dになっていて、知恵の紋章は雲のなかにあるなんて……。宇宙図書館は今までとは全く違う世界が拡がっているのではないかという期待と不安を胸に、マヤは台座からそろそろと降りて、アヌビスの黒い影を追いかけてゆく。

《宇宙図書館にアクセス》

渦を巻く扉を通り抜けると、まばゆい光のトンネルがあらわれ、高速のエレベーターで上に引っ張られているような圧迫感を耳の奥に感じた。そこは、プラネタリウムのように360度すべての方向に星がキラキラと輝いている。四方八方から細かい霧状の光が降りそそぎ、それはまるで別次元に行くために、余分なものを洗い流すための光のシャワーのようだった。

耳を澄ませば、海の底にいるような静けさにつつまれ、ただ、沈黙だけが漂っている。真っ白い床と真っ白い壁、そしてどこを見渡しても真っ白な空間……足元にはヒンヤリとした大理石の床が拡がり、はるか上空を見あげると、高い天蓋《てんがい》には棚引《たなび》く雲が見え、ラピスラズリ色の空には、星がまたたいている。3次元の常識からは、かけ離れた光景を目の当たりにしても、不思議と不安感はなく、大いなるものにつつまれているような絶対的な安心感がある。

宇宙図書館の中央には、通称「メインストリート」と呼ばれている長い回廊《かいろう》が果てしなく続き、エリア#1からエリア#12までの各エリアを真っすぐつないでいる。マヤはアヌビスの後について、白い回廊を足早に歩いてゆく。

高い窓からはやわらかい陽射《ひざ》しがさし込み、カーテンの裾《すそ》が風にそよいで揺れている。そこはかとなく花の香りが漂い、天空からは竪琴の音がグラデーションのような音色を奏でながら舞い降りてくる。マヤにとっては、いつも見慣れているありふれた光景だったが、宇宙図書館

宇宙図書館

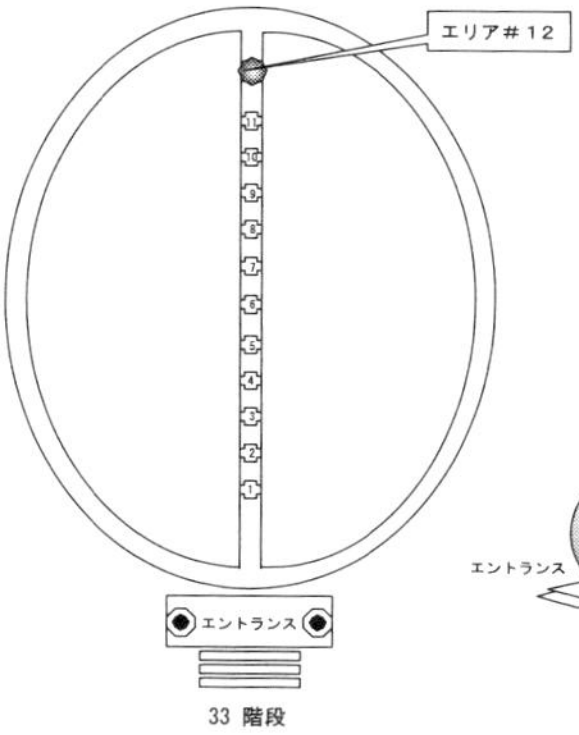

［平面図］

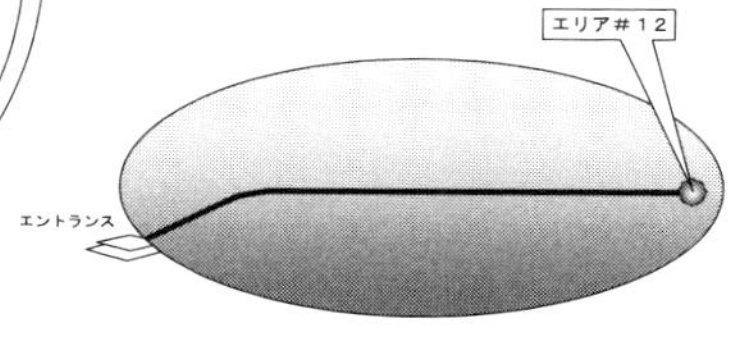

［断面図］

に来ると心が解き放たれ、重力が軽くなるような気がするのだった。

長い回廊を足取りも軽やかに歩いてゆくうちに、明らかに普段と違うことに気がついた。それは、この宇宙図書館と呼ばれている領域に、ヒューマノイド型の地球人類らしき人が、ガイドを伴って来ているということだ。マヤは現代の地球人らしき人物を目で追いながら、驚いたようにアヌビスにこう尋ねていた。

「アヌビス、ずいぶん人が多いですね。ヒューマノイド型の地球人類も、この領域にアクセスするようになったのですか？」

「ええ、そうです。そうおっしゃるあなたも、分類上はヒューマノイド型地球人類でしたでしょう？」アヌビスは優雅に微笑んでいる。

「ああ、たしかに。そうでした……」

マヤは宇宙図書館の領域にアクセスすると、青いネコか、白いクジラにでもなった気分で、自分がヒューマノイド型地球人類だということをすっかり忘れてしまうことがあった。宇宙図書館では純粋なエネルギー体として見えているので、その人の本質があらわれるらしい。宇宙図書館にアクセスする際は、ゼロポイントの状態になる必要があるので、自己の本質があらわになるのかもしれない。宇宙図書館の領域にアクセスすることは、自分が本当はだれなのか知ることにもつながるのだろう。

「ねえ、アヌビス。宇宙図書館の入口にあった知恵の紋章と勇気の紋章が数字になっていたことと、地球人類が多くなったことと関係があるの？　もしかしたら、地球人類には数字の方がアクセスしやすいのかな……？」

マヤは半信半疑という顔をしていた。マヤにとっては、数式を解くよりは、図形的に考える方が、よっぽど簡単だと思っていた。企画書やレポートでも難しい数字を羅列するよりは、グラフや表にして「図解」した方が一目瞭然《いちもくりょうぜん》でわかりやすいはずなのに。なぜだろう？　数字で考えるよりは、図形で考えたほうが、はるかに構築力があり、その仕組みがわかるはずなのに。

「そうですね、図形とは多次元を理解するためのツールのひとつです。通常では、対象よりもひとつ上位の次元の意識状態を獲得していなければ、対象の次元の図形はわかりません。ワタクシが申しあげていることが、わかりますか？」

アヌビスはマヤの背後をスキャニングして、理解度を確かめているようだった。

「たとえば、2次元の平面の図形を理解するには、3次元の意識を持って、3次元の立体を理解するには、4次元の意識を持って、4次元の幾何学を理解するには、5次元の意識を持っていないと本当のことはわからないのです。『プラス1』の視点を持っていなければ、謎を解くことはできないのですよ」

「プラス1……?」

「そうです。そして、5次元の幾何学を理解するには、6次元以上の意識状態にないと難しいでしょう。その点、数字というものは宇宙の普遍的な言語ですので、どの次元の意識状態においても、共通の基盤、いわばマトリクスとして使うことができるのです。そういった意味では、現在の地球人類にとっては、数字のほうが扱いやすいのかもしれませんね。

数字は距離も時間も重さもはかることができますので、万能ではありますが、使う側の意識状態によっては、直線的かつ平面的な部分も否めませんね。図形には多次元的に組み立てるような構築力がありますし、次元というものを理解する際には、図形は必須のアイテムと言えるでしょう。

とはいえ、数字も図形もモードが違うだけで、根本的には同じことをあらわしています。どのモードを使ってアクセスしようと、行き着くところは同じですから。それは、立体が落とす影、いわば宇宙の共通の分母、マトリクスのようなものです」

「数字は宇宙の普遍的な言語なの？」

「その通りですよ」

「たしかに数字を使ってアクセスしてくる多次元の存在がいますよ。夢の記録を見ると、数字だけが並んでいるページが結構あるし……」

マヤは夢のなかで見た多次元情報を書き写したページを、アヌビスに得意げに見せていた。

「……ところで、アヌビス、５次元の幾何学ってなんなの？」

「時に、あなたの直観は驚くべき精度を発揮しますね」

アヌビスは足を止め、振り返りながらこう言った。

「マヤ、あなたの特性は、発見することにありますので、当然といえば当然のことですが……詳しいお話は、歩きながらにしましょう。この回廊を真っすぐに進み、エリア#13まで到着する頃には、きっとあなたは5次元の幾何学についての答えに到達しているでしょう。正しい設計図に基づいて建てられた神殿や寺院の回廊を歩くと、チューニングされてゆくように」

「待ってアヌビス、歩いて行くのですか？　歩いて？」

マヤは不意に足を止め、アヌビスの後頭部を見あげた。

「おいやですか？　飛んでゆきたいですか。それとも、宙を泳いでゆきますか？」

アヌビスは優雅に振り返りながらも、目つきだけがやけに真剣だ。

「でも、今まで全部のエリアを最初から最後まで歩いて行ったことなんかないですよ……。探検用の靴は履《は》いてこなかったし、水も食料も持ってこなかったし、地図もコンパスも持ってきてないし。もしかしたら、エリア#6と7の間はキケンかもしれないよ。でも……」

マヤは子どものように、「でもでも」と駄々をこねはじめた。マヤが9歳の言語に舞い戻らないうちに話を続けよう。

「……大丈夫ですよ、エリア#6と7の間は通常通りに修復されていますので。真っすぐ歩いて行かれます」

「あの……エリア#6と7の間にあった『氷の図書館』はどうなったのですか？ 氷の図書館にいた、カメのアルデバランは？」

マヤは心配そうな顔をする。

「ご安心ください。アルデバランは、エリア#6と7の間の緑の大地で日がな一日、甲羅干しをしている姿をよく見かけますから……。今では氷の図書館を訪れる人は後を絶たないそうで、たいそう人気のエリアになっています」

「……それなら、いいのだけど」

マヤはかつて、エリア#6と7の間にある「氷の図書館」で出会ったカメのアルデバランという存在が今頃どうしているのかと、ふと思い出すことがあった。氷の図書館で眠っていたレムリアの記憶はどうなったのかなと……。

「それとも、あなたはエリア#6と7の間に、なにか忘れ物でもしたのでしょうか?」

「……いえ別に、そんなことはないですよ。アルデバランが元気ならそれでいいんだ。それならいいのです」

マヤは自分に言い聞かせるように話していた。

「それでは、ワタクシたちは先を急ぎましょう。

いいですか、宇宙図書館のメインストリートと呼ばれている回廊を歩きながら対話をする、ということを多次元的に解釈すると、それはとても興味深い行為です。実際にあなたも、歩きながら考えをめぐらせることがありますよね?

宇宙図書館の長い回廊を歩くということと、あなたがたの次元での考えをめぐらす、という行為は同じ意識状態をさすのですよ。注意深く観察してごらんなさい。宇宙図書館にアクセスしている人たちは、歩きながら思考するという特徴がありますから」

なるほど、アヌビスの言っていることは一理あるかもしれない。

たとえば、この回廊で見かけるヒューマノイド型の地球人類らしき人のなかには、古代ギリシア時代の哲学者のような人もいるが、歩きやすそうなサンダルを履いているので、その人はかつて、歩きながら思考をめぐらしていた人なのだろう。そう、今までマヤが宇宙図書館で出会った人は、少なくとも現在生きている人ではなく、過去の時代や未来の人々がほとんどだった。そう思うと、今生きているような人々を、この宇宙図書館で見かけるなんて予想外のことで、なんだか宇宙図書館はすごいことになっているのかもしれない……とマヤは思うのだった。

「ところで、今回のあなたのアクセスの目的、宇宙図書館での検索項目は、なんでしょうか？」

早速、アヌビスの「キーワード検索」がはじまったようだ。

本当のことを白状すると、知恵の紋章と勇気の紋章が数字になっていたことや、知恵の紋章の立体バージョンにも興味がわいていたが……そもそも今回のアクセスの目的はなんだったか思い出した。

「……今回の検索は、太陽の中心でまわっていた図形についてですが……でも勇気の紋章３Ｄだけではなくて知恵の紋章３Ｄも見てみたいな」

自分の本当の気持ちをデジタル表示にしてみると、太陽の中心でまわっていた図形について知りたいという気持ちが49パーセント、そして知恵の紋章３Ｄについては51パーセントの興味を示していた。


「太陽の中心でまわっていた図形といいますと……？」

アヌビスは不意に足を止め、長い首をマヤのほうに向けてこう言った。

「あなたの理解度によって、検索範囲を設定しましょう」

「手書きなので、あまりうまく描けていませんが……」と、マヤは少し照れながらノートを開くと、アヌビスは細い鼻先を近づけ、しばらく無言で図形を見ていたが、凛とした声で話しはじめた。

「結論から先に申しますと、あなたはこれから、5次元の幾何学を解くことになるでしょう」

「5次元の幾何学？」

マヤは目をまん丸くして、アヌビスのことを見あげていた。

「そうです。5次元の幾何学です。それがなにか問題でも？」

アヌビスは少しすましたような表情を浮かべ、話を続けた。

「5次元の前に、まず、4次元の幾何学とはどんなものだと思われますか？」

「4次元の幾何学ねえ……」

マヤは虚空を見あげて考えていた。

「簡単にご説明しますと、3次元の図形が回転していること。いわば、3次元に時間軸が加わり4次元の幾何学になります。そして、回転している4次元の幾何学に、ある要因を付け加えると、5次元の幾何学になります。その要素とはなにかを探す旅に、あなたはこれから出発するのです」

「さあ、この図形をよく見てごらんなさい」

創造の図形（太陽の図形）

アヌビスは細い首を伸ばして、図形を見おろしていた。

「中心に丸が一つあり、そのまわりを八つの丸が等間隔で並んでいます。この図形に似たものをあなたは、エリア#13のピラミッドのなかで見たことがありますね?」

「エリア#13のピラミッドのなかで……?」

マヤは上空に意識を飛ばし、猛スピードで宇宙図書館のデータを検索していた。この宇宙図書館を上空から俯瞰すると楕円形をしていて、その中央を貫くメインストリートに沿って、エリア#1からエリア#12までの12のエリアがシステマティックに並んでいる。現在の地球人類はエリア#1から#12までアクセスが可能だが、その先にもエリア#13と呼ばれている隠された領域が存在している。

そこには、エリア#12から光円錐に乗って上昇するのだが、マヤはエリア#13にはめったにアクセスすることはなかった。エリア#13にはピラミッドがあり、ピラミッドの中央には、この図形に似たようなパターンに並べられたストーンサークルがあった。

ただし、エリア#13のピラミッドにあるストーンサークルは、中心に丸い石が一つあり、そのまわりを12個の石が並べられていたので、厳密には石の数が違う。

「それでは、検索を開始しましょう」

アヌビスという存在は、優雅なしぐさで異界の入口にたたずみ、いつも難解なパズルや計算式を開示する。そして、その問題に答えられなければ異界には参入できないのだ。

アヌビスは涼しい顔をして、シッポをしなやかにひるがえすと、空から黄金の光の粒子が舞い降りて来た。

「あなたが目撃した太陽の図形は『創造の図形』とも呼ばれています」

「創造の図形？」

「そうです。まずは5次元の幾何学について、いくつかヒントをお渡ししますので、その後、太陽の中心でまわっていたという『創造の図形』の意味をあなたなりに解読してごらんなさい。その答えに至るためには、きっと知恵の紋章の立体バージョンも関連があるでしょう……」

アヌビスは細い鼻先を虚空に向けて、足取りも軽やかに再び歩きはじめた。

第3章　エレメントと5次元の幾何学

《図形的なアプローチ》

「今からお話しすることは、現在の地球の3次元にある幾何学《きかがく》という学問とは、全く解釈が異なるでしょう。この宇宙図書館の領域での、多次元的なとらえ方だということをまず理解してください。物理的な幾何学というよりは、むしろ意識の幾何学なのです。

数学的なアプローチではなく、感覚的なアプローチになりますので、難しい知識は必要ありません。五感を研ぎ澄まし、ただ感じるだけでいいのです」と、アヌビスは語りはじめた。

見渡せば、この宇宙図書館の領域は、3次元世界と比較して時空の仕組みが明らかに違う。「意識が具現化しているのです」とアヌビスは言うけれど、個人的な意識をはるかに凌駕《りょうが》した世界が拡がっている。たとえば、イルカやクジラなど海のなかの生き物が、さも当然のように宙を飛んでいたり、図形が空中に浮かびながら回転していたり、噴水の水が美しい音色を奏で、オーロラのように棚引《たなび》いていたり。意識を向けた場所に一瞬のうちに移動できたり、過去も未来も今という瞬間に同時に存在していたり……。

そもそも、黒いネコ科の大型動物にナビゲートされて、宇宙図書館の回廊を歩いているなんて……3次元の常識ではありえないことだった。たとえこれが自分の夢の領域からアクセスしている宇宙図書館だとしても、ここまで突飛な想像ができるとはとても思えない。そこに、なんらかのフォーマットが存在しないかぎり、ここまでシステマティックな夢を創作するのは到底無理だろう。

「……よろしいですか、今からワタクシが申しあげることを、五感を全開にして聞いてください。多次元的なものとは、空に浮かんでいる雲をつかむようなものではなく、あなたがたの五感の延長線上にあります。見る、聞く、触る、嗅ぐ、味わうなど、すべての感覚が重なって、あなたがたのなかに、たたみ込まれているのです。

まず、あなたが描いた図形は、紙という平面の世界にて表現されていますね。

紙に描かれた図形を2次元平面としましょう。しかし、紙に描いた図形のもとの形は平面ではなかったことでしょう。いわば、立体がたたみ込まれて、2次元平面の紙の上に表現されているのです。もし、この説明がわかりにくければ『影絵』を想像してみてごらんなさい。影とはどんな立体でも、平面に落とした影として認識されていますね。

そして、紙に描かれた世界を元の立体に立ちあげると3次元になり、その3次元立体に回転が加わると、時間経過による変化という意味において、4次元の幾何学になります。ここまでは、おわかりですね？」

「……ということは、勇気の紋章3Dは回転していたから、厳密には4次元ということになるのかな……。でも、時間による変化の次に来るという、5次元の幾何学とはなんですか？」

「まずはその前に、5次元意識に到達しなければ、4次元の図形を真の意味で理解することはできません。その逆も同じことです。4次元の図形を理解することによって、5次元の意識へと到達することができるでしょう。そして、6次元以上の意識に到達しなければ、5次元の幾何学は理解できないのです。次元を理解するうえでの最短距離は、図形を理解することです。図形的理解というものが、宇宙の真実に近づくことを可能にしてくれます。なぜなら、図形はこの宇宙を形成する基本的な要素なのですから……」

アヌビスの話はだんだんと難しくなり、果たして、ついて行かれるかどうかマヤは心配になってきた。

「それでは、ここでひとつ別の視点に立ってください。

図形はなぜ回転しているのでしょう？

回転を創っているもの、回転を生み出した要因、その第一原因とはなんだと思われますか？」

と、アヌビス。

「えっ、なんでアヌビス、そんなこと聞くの？

でも、なぜ回転しているのかな……不思議だね。

空気があるからかな？　重力があるからかな？　それとも形があるからかな

「外的な要因ではなく、もっと内的な動機を検索してみてごらんなさい」

「内的なもの……？　そんなこと言われても、図形の内的な気持ちなんてわからないよ」

「いいえ、宇宙へと漕ぎ出すには共感力が必要です。次元を解く秘密は、あなたがたが生命についてどのような解釈を持つかによって、その検索範囲が決まります。生命とは動物や植物だけでしょうか？　石はどうですか？　惑星地球はどうですか？

生命とは振動しているものです。植物も石も地球も固有の振動数を持っているのですよ……。

もし、あなたが図形だとしたら、あなたが地球だとしたら、あなたが太陽だとしたら、なぜ回転するのでしょうか？」

と、アヌビスは問いを投げかける。

「……それが仕組みだから？」

マヤは自信なさそうに、小さな声で答えた。

「それは、どんな仕組みだと思われますか？」

「……重たいものが下に落ちてゆくような仕組みかな。

心臓の鼓動や呼吸みたいなものかな……

それとも、ただ、まわりたいからなのかな？」

そうせざるを得ないなにかがあるような予感がしたが、マヤにはその仕組みも動機もよくわからず、それを説明する言葉を探していた。

「そこには回転したいという意図があるからかな……？」

「それでは、回転する意図とはなんだと思われますか？」

「回転する意図……そうだ、意図という文字には、図形の図が入っていますね！

これは大発見ですアヌビス！

意図の図《と》は図《ず》なんだ」と、マヤは子どものような声で笑っている。

「それを言うのであれば、ここ宇宙図書館の図書という文字にも図《ず》が入っていますね」と、言いながらアヌビスも笑っている。

「……このように、いろいろな角度からとらえることができますが、結論から先に申しますと、この宇宙にあるすべてのものは回転しているのです。この銀河も、あなたがたの太陽も月も、そして地球という惑星も。そして、分子レベルに至るまで、回転こそが宇宙を貫く仕組みなのですよ。

回転を生み出すものを理解できれば、あなたは宇宙の創造の原理に真っすぐに進んでゆくことができるでしょう。回転を知ることは、創造の原理へと直結しているのですよ」

「宇宙創造の原理……」

ただ単にこの言葉を口にするだけでも、マヤは大いなるものの懐にいだかれているような安心感と、決して触れてはいけないものに近づいてしまったような、畏怖の念さえ覚えるのだった。

「そうです。なにかを創造する時、よく観察して見ると、そこには必ず図形が関与していることがわかるでしょう。『はじめに図形ありき』なのです。しかし、このことは、３次元の意識のままでは、到底同意できないでしょう」

「アヌビス……はじめに図形ありきなんて言葉は聞いたことがないですよ。最初にあったのは光か言葉ではなかったかな？」

「そのあいだに、図形が入りますね。あなたが言うところの言葉と光のあいだに、図形というものが関与しています。別の言い方をすると、言葉と光のあいだに図形があることを認識していないと、光が言葉とうまくつながらないと言ってもいいでしょう。

光の図形化、図形の光化という考え方があります……あなたには以前、エリア＃13のピラミッドのなかで、物質の音化、音の物質化のお話はしたことがありますよね……ここでもう一度、復習してみましょう」

アヌビスは颯爽《さっそう》と身をひるがえし、鼻先を宙に向けている。

「一見、硬く見える物質も、実は音の振動でできているのです。音から図形、図形から音へと変容させるための宇宙の普遍的な法則を理解すれば、音を物質化することも、物質を音に変換することも可能になるのです。

それでは『光』と『音』を、『言葉』と置き換えて考えてみましょう。

言葉の図形化、図形の言葉化。言葉の物質化、物質の言葉化。

図形を言葉にすることが、言葉を図形にしたという逆のベクトルを理解する近道なのです。

たとえば知恵の紋章には『汝自身《なんじ》を知れ』という言葉が、勇気の紋章には『汝自身で在《あ》れ』という言葉が刻まれていますが、汝自身を知れという言葉から図形的な介在があって、はじめて自分を知るという行為をより客観的にとらえることができるでしょう。

また、知恵の紋章を見て、これが汝自身を知れをあらわしていると気づけば、自分自身を知るということを、自分と距離を置いて明確に行うことができるのです。つまり、図形の介入によって、自分ともう一人の自分の間に『距離』が生まれます。自分を客観視するには、距離が必要です。図形は次元を変え、見るものと見られるものという双方向の視点を統合することを手助けしてくれるでしょう。自分の内側と外側をつなぎながら一つの時空間を形成することによって、意図をより明確にできるというわけです」

「なんだか難しいね、アヌビス。はじめに図形ありきと言われても……よくわからないよ。もう少しわかりやすく教えてくれませんか」

「ええ、構いませんよ。まず、言葉もしくはその文字を正しく発音した音声というものは、図形で表現することができます。図形と言っても、象形文字のようなものではなく、シンプルな正多角形を組み合わせた多面体として。

たとえば『あ』という音声には『あ』に対応する図形があります。

『い』にも同じように『い』に対応する図形が存在します。なぜなら、図形も音声も固有の振動数があり、いわば周波数の波に変換できるからです」

アヌビスは、文字と図形が列挙されている表を空中に物質化しながら説明を続けている。その詳しい理由や背後に秘められた法則はわからないけれど、見るからに美しい配列だとマヤには感じられた。

「この宇宙には基本となる五つの立体があります。この五つの立体は光の言語であり、魂の言語とも言えるでしょう。この立体が示すものは宇宙のマトリクスであり、ミクロコスモスとマクロコスモス……自分の内側と外側……を共鳴させることができます。

それでは、光や音や言葉というものの図形的な解釈をするために、それにふさわしいエリアへとアクセスしましょう」

アヌビスは目にもとまらぬ速さで、横軸と縦軸からなる座標軸を虚空に描き、マヤの方を振り向いてこう言った。

「あなたが用いている母語のなかで、最も光に近い、宇宙的な言語をひとつ選んでください」

「母語のなかで宇宙的な言語ですか？　日本語には宇宙語が起源のものが数多くまぎれていますよ。北、南、東、西、春……？」

マヤは延々と言葉を並べてゆく。

「そのなかでも最も光に近いものを選んでください」と、アヌビスは促している。

「そうだね、一番光に近いのは……ありがとう……かな？」

マヤがその五文字の言葉を発した瞬間に、アヌビスは羽根のようなものを羽ばたかせ黄金の粒子を降らせてゆく。マヤの口から発せられた言葉は、輝く金色の図形へと姿を変えていた。その図形は回転をしながらマヤの目の前に浮かんでいる。自分の口から発した言葉が、目の前で美しい図形に変わってゆくさまを目撃してしまい、マヤはしばらく開いた口がふさがらず、回転を続ける図形を見ていると時が経つのも忘れ、忘我の状態になってしまった。遠くでは、ネコがゴロゴロと喉を鳴らすような音が聞こえている。どうして、宇宙図書館にネコがいるんだろう……マヤはぼんやりとそう思っていた。
そう、マヤは意識を保てなくなると、アヌビスの声がネコの鳴き声のように聞こえ、解読不能になってしまうのだった……。

どれくらい時が流れたのだろうか。気がつくと、回転する図形がだんだんと薄くなり、虚空へと消え去ってゆく。今、目の前で起きたことは、きっと夢に違いない。自分が発した言葉が、目の前で図形に変わってゆくなんて……ありえない。
しかも、その図形はどの方向から見ても全くゆがみのない多面体構造をしていて、中心軸を保ちながら回転を続けていたのだった。これはなにかの間違いで、座標軸が設定できない雑多な夢を見たことにして、さっさと記憶から消去してしまおう。マヤは目を瞑り、雨にぬれた犬が水飛沫《みずしぶき》を飛ばすように、頭をブルブルっと振った。

耳鳴りの音が変わり、マヤとアヌビスは宇宙図書館の他のエリアへと、一瞬のうちに移動していた。あたりを見渡すと、そこは宇宙図書館のエリア#5の中央広場のようだった。宇宙図書館の各エリアには中央広場と呼ばれている場所があり、その真ん中には噴水と12個の丸い石が円形に並べられている。この噴水の色と音と香りがエリアごとに異なっているので、色、音、香りのどれかを覚えておけば、そこがどこのエリアなのか、わかるシステムになっている。

アヌビスは背中の羽根のようなものを羽ばたかせ、黄金の光を発している。黄金の光のなかからキラキラと輝く丸いものが落ちてきたので、それを拾いあげてみると、円形のディスクに、星形の図形が描かれていた。今朝、見た夢のなかで、降ってきた図形とよく似ているような気がするが……

「アヌビス、これは?」

「このエリアのアクセスコードとなる図形です」

アヌビスは淡々と言う。

このエリアには、色、音、香り以外にも、図形によるアクセスコードも設定されているらしい。図形が描かれた円形のディスクを見て、なにかおもしろそうなことが起きる予感がしていた。

「それ以外にも、ある特定の時間領域にアクセスできますし、星のゲートとしても使えます」

「星のゲート?」

「ええ、そうです。この図形をアクセスコードにすれば、他の惑星や他の銀河にもつながることができます」

アヌビスはさも当然のことのように語っていたが、他の銀河にまでアクセスできるなんて突飛すぎて、そう簡単には信じることはできなかった。

「ディスクの使い方についてですが、宇宙図書館の扉と同様に、内側と外側の周波数をチューニングして、双方がピタリとあった瞬間に扉が開きます。ようするに、内と外の音をチューニ

基本となる五つの立体

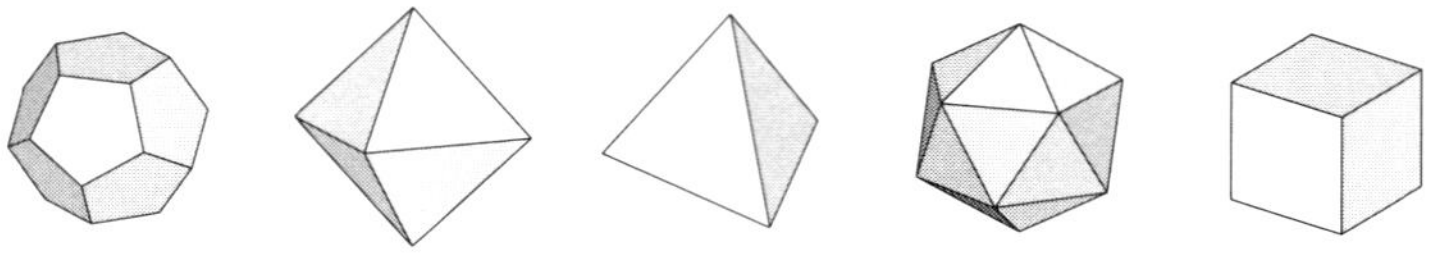

ングしてください。別の表現を使うと、瞳に図形をダウンロードして鏡の原理を使って内と外を反転させればいいのです……」

マヤは図形が描かれた円形のディスクを耳に当てながら、なにかいい音がするのではないかと思い、耳を澄ましていた。気のせいか、この図形からはハープのような音色が奏でられているようで、遠くのほうからかすかに音が響いている……

「まず、基本となる五つの立体のことですが……この五つの立体は以前にも見たことがありますね。この宇宙図書館の領域では、これらの立体は大変馴染み深い形でしょう。『また、この立体の話か』と、あなたは少しがっかりするかもしれませんが、もう一度基本に立ち返り、知性と感性の両方からしっかりとチューニングしてみましょう」

「宇宙は基本的に五つの立体から構成されています。五種類ある立体の、3次元および4次元的な解釈から話を進めてゆきましょう」

「ちょっと待ってくださいアヌビス、なんでいきなりエリア#5に飛んだの?」

マヤにとっては、目の前に浮かぶ五つの立体よりも、なぜエリア#5に飛んだかということのほうが不思議なことに思えた。

「それは、あなたが光からなる五文字の言語を、座標軸の中心に向かって発したからですよ。先ほど、あなたの鼻先で回転していた、光の立体を目撃したはずです。それがなにか問題でも?」

アヌビスは細長い鼻先を斜め45度に向けて、当たり前のことのように話している。

「こんな移動システムがあるなんて知らなかったよ。ああびっくりした」と、マヤは大げさに驚いてみせた。

もっとも、宇宙図書館の領域では、意識を向けたところに瞬時に移動できるので、それほど驚くことでもないだろう。それに、宇宙図書館の入口にある知恵の紋章と勇気の紋章が数字に変わっていたことを思えば、文字数によってエリアを移動できても別に不思議ではないのかもしれない……。

この移動システムは使えそうだ。なにか言葉を発して、違うエリアへ移動できるか実験してみたいとマヤは考えていたが、アヌビスはマヤの前をあっさりと通過して、次の話へと展開してゆく。

「基本となる五つの立体を3次元的に解釈すると、２次元平面で描いていた図形より、格段に情報量が多いことがおわかりですね？

平面に乗せることができる量と、立体のなかに入れることができる量を比べてみてください。たとえば、水を運ぶ際に、２次元平面に乗せて運べる水の量と、３次元の立体の容器に入れて運べる水の量を比較してみましょう」

「立体の方が多く運べるね」

「そうです。それでは、ここでいう『水』というものを、『情報』という言葉に置き換えてみましょう。２次元で運べる情報と、３次元で運べる情報の差がどれだけあるか想像できますね。

そして、平面に乗せたものがそこにとどまる時間と、立体のなかに入れたものがとどまることができる時間を想像してみてください。生命体にたとえると、２次元平面は皮膚の表面のようなもので、３次元立体は肉体のようなもの。表面的か立体的か、表層と中身くらいの差が生じます」

さらにアヌビスの話は深遠へと向かってゆく。

「それでは、次に五つの立体に時間軸を加えて、４次元の幾何学としてとらえてみましょう。いいですか、まず、基本となる五つの立体をお見せしますので、それらが回転する姿をよく観察してください」

アヌビスはシッポをクルクルとまわしながら、五つの立体を球体のなかに入れて空中に浮かべてゆく。この五つの立体は宇宙図書館の領域では、よく見かける形状だった。なぜなら宇宙図書館のエリア#13の領域に連れて行ってもらっては、この五つの立体を使ってアヌビスと一緒に「サイコロ遊び」をしたことがあるからだ。もう、いいかげんサイコロ遊びの時間は通過していることだろう。そう願いたい……。

「……4のサイコロ、6のサイコロ、8のサイコロ。12の20の……」

マヤはアヌビスに聞こえないように小さな声でつぶやいている。

「まず、この五つの立体を注意深く観察してごらんなさい」

アヌビスはマヤの理解度をスキャニングしながら話を続けた。

「……なにも難しく考えることはありませんよ。あなたがたが持っている五感というものを使って、ただこれらの形を感じてみてください。回転を知るには、まず五感を全開にして回転をただ感じてみることです」

マヤはジッと立体の回転を観察していた。立体がどのようにまわるのか、どの方向に向かっているのか、なん回転するかなどなど……。

しかし、目にもとまらぬ速さで回転をしているので、F1ドライバー並みの動体視力がなければ、数を数えたくてもとても着いて行けない。目がまわり意識を失いそうになってしまい、仕方がないので、五つの立体のなかでどれが一番重そうに見えるか、逆に軽いのはどれか？冷たい立体は、熱い立体は？　速い図形は、遅い図形は？　と考えているうちに、だんだんと多次元的な感覚がつかめるような気がした。

「立体によって右まわりか左まわりか違うのかな？」と、マヤは素朴な質問をする。

「結論から先に申しますと、多次元的な視点を獲得した時には、立体が右まわりか、左まわりか、その回転の方向にとらわれる必要はありません。なぜなら、３６０度、どの位置から見るかによって、回転の見え方は変わってくるからです」

「それはどういうことなのアヌビス？」

「たとえば、観覧車を例にあげますと、手前側から見ている人はその観覧車は右まわりにまわっていると言うかもしれませんが、反対側から観覧車を見ている人は、それは左まわりにまわっていると言うでしょう。平面の図形に関して、右まわり左まわりという発想は、裏から見るか表から見るかで、回転方向が全く逆になります。

厳密に言えばこれは回転の説明ではありませんが、たとえば、家の中にいる人はこの扉は押す扉だといい、家の外にいる人はこの扉は引く扉だと主張するように、視点をどこに置くかで変わってきます。

ご自分の立ち位置を客観的にとらえることが、この宇宙では大切になります。しかし、ひとつの視点にとらわれることなく、重要なのはすべてを包括してとらえることです。

それでは、立体の場合はどうでしょうか？　たとえば、地球のような球体を見る際に、それを上から見る場合と下から見る場合では、回転方向が逆になります。地球の南半球は、北半球から見る場合と回転方向が異なるように。立体というものも、どの位置から見るかによって、回転方向は変わります」

アヌビスはシッポをクルクルまわしながら、クリスタルのように透明な「惑星儀」を物質化した。

「うわー、きれい。クリスタルの地球……」

時が経つのも忘れ去り、マヤはいつまでもクリスタルの「惑星儀」で遊んでいた。

「……上から見るか下から見るかでは、回転方向が違うね」

「……さあ次に、面白い実験をしてみましょう」

「実験？」

なぜだかわからないが、その言葉を聞いて、白衣を着た研究員にでもなったつもりか、マヤは突然スイッチが入ったようだった。

「まず、手を掲げて、頭の上で右まわりの円を描いてみてください」

自分の人差し指を使って、頭上に右まわりの円を描いてゆく。

「そうです。回転は右ですね。では、右まわりの円を描きながら、その指先を徐々に下のほうに降ろしてみましょう。回転の方向、手の動きは変えてはいけませんよ」

アヌビスが言う通り、右まわりの円を描き続けながら、頭上にあった手をだんだんと身体の下のほうへと降ろしてゆく。そして、お臍《へそ》の前あたりで、指先は回転を続けている。

「その回転は、どちらの方向に回転していますか？」と、アヌビスは聞く。

なんでこんな当たり前のことを聞くんだろう？

「えっ、左まわり……。なんで？」

再び頭上に指先を持って行き、回転方向を確認している。

「いいですか、腕を真っすぐに伸ばして、右回転を描いてみましょう。ずっと右回転を描きながら、あなたの視点だけを動かしてみましょう。まずは、指先を見てください。回転は？」

「右回転」

「そうです。視点を指からだんだんと下へと降ろしてゆきましょう。手首から肘《ひじ》そして肩へと……あなたの腕は、絶えず同じ方向にまわっていますが、見え方はどうですか？」

「これって、すごいね、アヌビス」

「どの位置から対象を見るか、そして、どの位置を見るかによって、同じ現象でも見え方が変わってくるのですよ。この仕組みがわかりましたね」

違う世界を見る望遠鏡をアヌビスからもらったような気がして、マヤはこの遊びが楽しくて仕方がないようだった。

「……それではアヌビス、宇宙図書館の扉の渦巻きの場合はどうですか？　さっき、アヌビスが宇宙図書館の入口まで迎えに来てくれた時、いつもと渦巻きが反対まわりに見えましたが……」

「いいところに気がつきましたね。行きと帰りでは、渦巻きの方向が違うことをご存知ですよね？」

「えっ……そんな。いつも、渦巻きは同じ方向に回転しています」

「本当にそうでしょうか？　扉の内側にいる人と、扉の外側にいる人が、同じ渦巻きの扉を見て、同じように見えるでしょうか？」

「ということは……」

「それでは、ベクトルのお話をしましょう。まず、平面に描いた渦巻きの場合、外側から見て右巻きは、中心から見れば左巻きです。わかりますね？」

アヌビスはシッポをクルクルとまわして床に渦巻きを描いてゆく。

「あなたは外側から中心に向かってこの渦巻きをまわってください。

そう、右まわりに回転していますね。わたくしは、この渦巻きの中心から外側に向かって歩いてゆきます。わたくしアヌビスは左まわりにまわってきましたと申しあげるでしょう。この渦巻きの迷路の仕組みがおわかりですね」

「面白いね」

マヤはこの渦巻きの遊びが気に入ったようだ。

「……いいですか、それを踏まえて、ベクトルのお話をしましょう。ベクトルとは方向性のこと。矢印がどちらを向いているか、ということです。通常、人間の目は顔の前面についていて、顔の正面から目線をあげた方向が真っすぐ前です。

あなたがたの次元で、右手のコイルの法則というものを習ったことがありますね？」

アヌビスは大きな前足をあげて、なにか獲物を倒す時のようにスナップをきかせながら話を続ける。

「そう、右まわりのコイルはベクトルが下を向き、左まわりのコイルはベクトルが上を向きますね。この法則は3次元における普遍的なルールです。よく覚えておいてください」

アヌビスが「右手のコイルの法則を覚えておいてください」と言うなんて、なんだかおかしいなとマヤは笑ってしまった。あの前足でどうやってコイルの法則を説明するのだろうかと、マヤは自分の中指、人差し指、親指を使って、三方向のベクトルの形を作ってみた。

「それはフレミングです」

と、アヌビスはひとこと言って、シッポを回転させながら歩いてゆく。

「次に五つの立体の回転方向についてお話ししましょう。この五つの立体の回転方向があなたにはおわかりですか？」

マヤはしばらく、立体を凝視していたが、あきらめたようにこう言うのだった。

「全然わかりません。どれも右にまわっているようにも見えるし、左にまわっているようにも見える」

「すばらしいですね。正解です」

「それって、見る視点によって、右にも左にも見えるってことですか？」

「いいえ、そうではありません。それでは、ワタクシがこれらの五つの立体をこの重力場から解放させますので、その動きを注意深く観察して見てください」

そう言い終わるや否や、アヌビスは背後にある黄金の羽根のようなものを揺らして、空中に浮いている図形にキラキラと輝く金粉を振りかけた。すると、シャボン玉のような球体のなかに入った立体が、空高く登ってゆく。

「わあ……」

口を大きくあけながら、マヤは宇宙図書館の高い天井を見あげている。

「……すごいよ、アヌビス！　どうしてこんなことができるの？」

アヌビスは微笑みながら、黄金の光を発している。しばらくすると、球体のなかに入った五つの立体が再び降りてきた。五つの立体は水素が入った風船のように上昇したり、下降したり、上下運度を続けている。

「……マヤ、あなたにも上下運動は認識できますね。これは、先ほどの渦巻きのベクトルと同じ原理ですよ。思い出してください、左に回転するものは上に向かい、右に回転しているものは下へと向かっていましたね。この原理を応用すれば、立体の回転方向をとらえることができます」

アヌビスはマヤの背後を見ながら、理解度をスキャニングしているようだった。

「……そうです。上に昇ってゆく立体は左回転を描きながら、下へ降りてくる立体は右回転を描きながら、上下運動を続けているのです」

「わあ、きれい……本当にきれい」

マヤは感嘆のため息をつき、これ以上の言葉はなにも出てこなかった。

「宇宙の創造の原理には普遍的な法則があり、それは、美しいものなのですよ」

マヤはうっとりとした表情で、上下する五つの立体を見あげていた。色とりどりのパラソルがクルクルと回転しているようで、その回転を見つめているうちに、意識が吸い込まれてしまいそうになっていた。ずっとここにいて、その様子を見ていたいとさえ思えてきた。この光景を見ることができたなら、もう思い残すことはない……。もう、なにも余計なことは考えたくない。思考を完全に停止させ、ずっとこの光景に浸っていたい……。

このままではアクセスコードが強制終了され、気がついた時にはマヤは自分の部屋で眠りほうけていることだろう……。

「……いいですか、客観的に申しあげまして、あなたの今の意識レベルでは、立体の知恵の紋章を理解することはできないでしょう」

ゴロゴロと喉を鳴らすネコのような鳴き声が遠ざかり、淡々としたアヌビスの声が背後から聞こえてきて、マヤはわれに返る。

「ああ、５次元の……５次元の幾何学」

モードを切り替えて、気を取り直して、この五つの立体に向き合おうとした。ここで眠ってしまうわけにはいかない。

「それにしてもアヌビス……奇妙なことがひとつあります。どうして、この立体だけ下の方で低空飛行しているの？　他の立体は上のほうにまで行っているのに……」

五つの立体のうち、サイコロのような形の立体を指さした。

「いいことに気がつきましたね。他の立体もよく観察してごらんなさい。

それぞれ、立体の移動距離とスピードが違うことがわかるでしょう」

アヌビスに言われ、他の立体を観察してみると、たしかに一つひとつ移動距離とスピードが異なっていた。

「本当だね」

「それぞれ、立体によって回転率が違うのです。回転率という言葉がわかりにくければ、それぞれ比重が違うとでも言っておきましょうか」

「回転率？　比重？　全く、さっぱり、全然わからないのですが……」

「それでは、一つひとつの立体について、具体的な例をあげてご説明しましょう。

これらは以前、あなたとサイコロ遊びをした図形ですが、あなたはあの時より、随分、成長しましたから、サイコロ遊び以外の方法で読み解いてゆきましょう」


「一人ひとりの体験を通して、人類の集合意識にあるパターンにアクセスしてゆきましょう。図形と意識の関連性、図形と3次元の現象の関連性、そして、図形と宇宙創造の原理との関連性を理解しなければ、図形は形骸に過ぎず、真の意味を理解したことにはなりません。

なぜ、図形がそのような意味を持つのか、その根拠となる事象をご一緒に体験してゆきましょう」

いよいよ、宇宙創造の原理に迫る、五つの立体のレクチャーがはじまった。

《地のエレメントと正六面体》

「大地は生命を育み、命の揺りかごであると共に、死を迎えた生命体が再び戻る場所でもあります。惑星地球の多くの生命は、大地から生まれ、大地によって育まれ、再び大地に還ります。それは、自分がどこから来てどこへゆくのか、という問いかけに対して、ひとつの答えを示してくれるでしょう。

翻って、地球という惑星に目を転じてみれば、宇宙の光が地球に着地できるように、土は存在しています。

地のエレメントを通して、ご自分の魂のルーツだけではなく、DNA的なつながりに対して理解を深めてゆくことができるでしょう。たしかに、惑星地球以外の星出身の魂にとって、地上的な先祖とのつながりは希薄《きはく》ではありますが、だからこそ、DNAのコードは重要な役割を果たします。なぜなら、惑星地球で生き抜くための叡智《えいち》を、DNAというコードで書かれた書物を通して、あなたがたに授けてくれるからです」

「たとえば、あなたが指摘した、このサイコロ型の図形には、四角い面が何枚ありますか？」

早速、アヌビスは問題を出すので、マヤは数えてみることにした。

「ええと、1、2、3……6枚?」

「そうです。上、下、左、右、前、後の計6枚によって組み立てられた正六面体は、地のエレメントをあらわしています。

この正六面体は一番低い位置でまわっていますね。このことからもわかるように、地のエレメントは、他のエレメントよりも重く、密度が高く、安定性があります。変化や流動性に乏しく、頑固で窮屈な印象を受けるかも知れませんが、その一方でとても現実的なのです。地のエレメントは、ずしりと重く、安定感があり、基礎を築くことに適しています。その反面、暗い土のなかは光が乏しく、融通が利かず、凝り固まり、頑固な一面もあるでしょう。

あなたがたの言語のなかに、四角四面《しかくしめん》という言葉があるように、この形は生真面目で、新しいものを容易に受けいれないような、伝統やしきたりを重んじる傾向にあります。また、平凡でありふれている形という側面も否めません。

地の属性である肉体の基底部、あなたがたヒューマノイド型の人類の肉体でいうと、尾てい骨周辺は、植物にたとえると根っこの役割を果たし、その根は地球の中心へと真っすぐに伸びています。肉体の中心軸にある基底部と地球の中心を、目には見えない光の糸でつなぐことができれば、安定感が高まり、現実を力強く生きることができるでしょう。

一方、地球の中心とつながっていなければ、足元がふらふらとしてしまい、地に足がつかず、本来の自分を見失いやすくなり、魂の目的や魂の仕事からはずれ、この惑星にやって来た本当の目的をも見失ってしまうでしょう。あなたが生きていると実感する時、そして、最も安心感を覚える時とは、天と地をつないだ瞬間に訪れるのですよ」

マヤは目を瞑って、肉体の中心軸から地球の中心へと真っすぐに一本の光の糸が降りてゆく姿をイメージしてみた。そこは暗くてなにも見えなかったけれど、かすかに土の匂いがして、生命のあるものとつながっているような予感がした。

「この立体の動きを、よく観察してごらんなさい」

不意にアヌビスの声が聞こえたので目を開けると、あたりは眩い光につつまれていた。目を凝らせば、まず、図形の角が見えてきて、だんだんと全貌が明らかになってゆく。その動きは沼地を歩くカメのようにも見えてきた。

「どうですか、重くて、動きもゆっくりしていることがわかるでしょう。

まるで大地に根を張る樹の根っこのようなものです。どっしりとした安定感と、かたくななまでの不動さがありますね。そして、地のエレメントは、目には見えない根っこの世界でつながっています。たとえばＤＮＡを受け継いだ家系的なつながりだったり、星の叡智を受け継いだ星の系譜だったり……」

アヌビスの説明を聞きながら、過去を眺めてみようとしが、マヤにとっては、ＤＮＡ的なつながりよりも、星の系譜の方が明らかにイメージ化しやすかった。

「それでは、実際に立体のなかに入ってみましょう」

アヌビスが正六面体に向かって、ゴロゴロとネコの声のような音を発すると、立体がゆっくりと降りてきて、地表面にピッタリと着地した。

「……でも、どこに入口があるのかな？」

マヤは立体図形の表面を触りながら入口を探してみたが、それらしきものは見つからない。

「なにも心配することはありませんよ。立体の内側と外側を反転させればいいだけです。ご自分のハートの中心にある光に意識を向けて、その球体を立体の中心に置きに行くようにイメージしてみましょう。簡単ですね」

簡単ですねと言われても……。

アヌビスにとっては簡単なのかもしれないが、地球の３次元の常識では、硬くて入口のない立方体に入って行くなんて、そう簡単なことではないだろう。

……でも、ここは宇宙図書館の領域内だから、こんな不思議なことだってできるのかもしれない。たぶん、きっと……。

マヤは覚悟を決めて、正六面体のなかに足を踏み入れようとしたが、頭をゴツンとぶつけてしまった。

「あっ痛い。やっぱり無理だよ。この図形は地のエレメントじゃなくて、石のエレメントなんじゃない？」

頭を押さえながら、マヤは大げさな声を出していた。

「あなたが無理だと思っているうちは、きっと無理なのでしょう。物質というものは硬い固体ではなく、顕微鏡《けんびきょう》で見ればおわかりのように、透き間がたくさんあるのですよ。あなた自身を微細な粒子に変換してゆけば、この透き間を通り抜けることができるのです」

そう言い残すと、アヌビスは音も立てず、影のようにスーッと立体のなかへと吸い込まれて行った。きっと、アヌビスが入った場所だけは、目には見えない入口があるに違いない。実際にだれかが立体に入った姿を目撃すれば、自分にもできるような気がして、マヤは息を止めて、目を瞑り、おそるおそる立体のなかへと歩みを進めた。

一瞬、耳鳴りの音が変わったような気がしたが、内側と外側では若干、気圧が違うのだろうか。正六面体の内部はまるで薄暗い洞窟の中にいるようで、声を発してみると音が反響して、お風呂で歌を歌っている時のように、自分の声がいつもよりいい響きに聞こえた。

大いなるものにつつまれているような安心感と、あたたかなぬくもりを感じたが、耳を傾けてみても、この立体は多くを語ろうとしない。無言のまま、ただそこにたたずみ、どんなことがあっても動じない。それはまるで動かぬ山……不動の山……のような印象だった。

「それでは、正六面体に意識をチューニングしてみましょう」

「意識をチューニングって……、どうやってこんな図形に意識をあわせるの？」

「さあ、ワタクシと一緒に、図形に意識をチューニングしてみましょう。

惑星地球上のどんな場所でも構いません。海岸や山や森のなかでも、あなたが一番安心できる場所を探して、イメージのなかでその場所に座ってみてください」

アヌビスの誘導に従い、目を瞑り脳裏にスクリーンをビジョン化して、惑星地球の映像を映し出してみた。この惑星で一番安心できる場所……心の原風景とでもいえるような場所を探してみよう。鳥の視線になって、はるか上空から地上を見おろしていると、雪を頂く高い山とその背後に映える紺碧の空が見えてきた。雄大な景色に心惹かれながら全身に風を受けて大空を飛んでゆく……。

「大地に手をつけてごらんなさい」

絶妙なタイミングで発せられるアヌビスの声に誘導されるように、上空を旋回しながら螺旋を描き、ゆるやかに大地に飛来すると、地面からは、ぬくもりのようなものが湧きあがっている。静かに緑の大地にひざまずくと、草の香りが立ちのぼってくる。そして、そっと手を伸ばして、大地に触れてみると、初めて触れた地球の大地は、やわらかくて、あたたかかった……。だれの記憶とも知れない思いがあふれ出し、悦びを隠せないでいると、傍らからアヌビスの穏やかな声が聞こえてきた。

「大地から伝わってくる音や拍動、温度や呼吸、息吹を感じてみてください……

大地の息吹にあわせて呼吸を続けてみましょう」

……なんだろう。この音は。

遠い昔のどこかで聴いたことがあるような懐かしい音……。胎内で聞いた心臓の音のような、お寺の鐘の音にも似た重低音が深いところから響いている。

「……ねえアヌビス、この音はなんですか？」

「地球の鼓動。地球の拍動。地球の周波数ですよ」

「地球の音なの……？」

「ええ、そうです」

アヌビスは話を続けた。

「たとえば、あなたがこの立体の中心にいる時、すべての面に対して直角、すなわち90度の角度を保っているのがわかるでしょう。90度という角度は、この地上に着地するためには重要な角度です。90度という角度をお忘れなく」

「90度、90度、90度」

マヤは同じ言葉を三度繰り返して、忘れないようにした。

「他の立体に対してもそうですが、反射する角度が重要になります。角度にも深い意味があるのですから。今はよく理解できないかもしれませんが、角度に対する感度をあげておきましょう。後で、必ず役に立ちますから」

アヌビスは未来を見つめるような目で、予言めいたことを言っている。

「たとえば、ピラミッドの傾斜を何度の角度で立ちあげてゆくかということが重要なように……もし、43度の角度で立ちあげたピラミッドがあるとしたら、それはどこを目指しているか、あなたにはおわかりですね？」

「43度ですか？　なぜ、43が角度に……？」

「137を角度で考えることが、Z＝1／137　という式を解く際の、最大のヒントとなるでしょう」

「137度と43度は、なにか関連があるようだけど、いったいなに……？」

「答えはシンプルです。180度から43度を引けば、137度になりますね」

「ああ……」

多次元を理解するには「角度」というものが重要であって、着地の角度と浮上の角度、突入の角度と脱出の角度のように、互いに対になっているものの角度を忘れないようにとのこと。

さらに、立体の面に反響する音、すなわち反射する角度を聞きわけて、対象物と自分との距離をはかることを、普段当たり前のように行っているとアヌビスは言う。

「そうか……打てば響くようなという言葉があるように、人と人との距離感は共鳴の音によってはかっているのか……」と、マヤはつぶやいた。

でもそれはイルカ・クジラ族のスキャニングの仕方で、ヒューマノイド型の人間も本当にそんなことを行っているのだろうか？　もしかしたら、一人ひとりの魂が奏でる音というものがあり、その音によって互いの距離感を感じているのかもしれない。

「それでは、角度のお話はまた後ほど詳しく行いますので、あなたが理解しやすいように、身近なもので地のエレメントを説明してみます。たとえば水耕栽培《すいこうさいばい》をした植物の種のお話にしましょう。植物の種を水耕栽培したことがありますか？」

「ありますよ。小学生の時に」

「それならば、話は早いです」

アヌビスはシッポを回転させて、理科室にある実験道具のようなフラスコやビーカーなど、ガラスでできた透明なものを物質化している。

「シャーレに水を入れ、そのなかに種を入れておきます。

しばらくすると、種からなにかが出てきますが、それはなんでしょう？」

「芽？」

「よく観察してみてください」

アヌビスは時間軸を早まわしする。

「いいですか、最初に出てくるものは、芽かと思いきや……種のまわりに曲線を描き、それは根っこになるのです。そして、根がある程度伸びた段階で芽が出てくるのですよ」

「そうか、最初に出たものは芽ではなく根なのか」

「どういうことかと申しますと、最初に根をしっかり張らなければ倒れてしまい、高く伸びあがることができません。芽だけが出るということはないのです。芽を出すには根を張らなくてはいけません。

しかし、これらのことは、通常、地中で行われていますので、あなたがたは、このプロセスを目撃する機会は、ほとんどないでしょう。透明な容器に入れて水耕栽培をすれば、その様子を観察することができますね。

この五つの立体も同じです。通常は目には見えないところにありますが、このように透明なカプセルに入れて宙に浮かべると、その全貌が見えてくることでしょう。地のエレメントは、惑星に根を張り、基礎を築くために必要不可欠なエレメントなのですよ」

「さあ、ここで地のエレメントにまつわる、エクササイズをしてみましょう。

ここに紙とパステルがありますので、大地の絵を描いてください。

あなたは大地を何色で塗りますか？」

宇宙図書館の床はどこも純白だけれど、地球の地面は何色だったかな……？　と思い出しながら、マヤは黒いパステルを使って大地を描いた。

「大地は黒いでしょうか？」

「アヌビスみたいに真っ黒いよ」

「おそらくそれは、あなたが関東ローム層と呼ばれている火山灰が積もった地域で生まれ育ったからでしょう。砂漠で生まれた人は地面を砂の色に、草原で育った人は地面を草色に塗ることでしょう。このように地面を描く際には、その人が生まれ育った環境や、過去世で縁のあった地域の色を塗る傾向にあります」

「それって、おもしろいね。地面を何色で塗るかによって、その人のバックグラウンドがわかるのですね！」

マヤはこの仕組みをだれかに教えてあげたい気持ちになっていた。みんなはどんな色を塗るのだろうか。

「たとえば、あなたの魂の系譜が惑星地球以外にあったとしても、現時点では地球によって育まれた肉体というものを使わせて頂いているのですよ。惑星地球の許可なしには、地球圏に入ることはできないということを、どうぞお忘れなく。進化は惑星地球の意思が尊重されます。

地球人類にとっての進化、たとえば、人類の集合意識に影響を与えるような、なにか新しいものを創る際には、これを本当に創出していいのか、惑星地球に許可を得ることが、外来種としての基本的なマナーなのですよ」

「え、アヌビス、わたしは外来種なんですか？」

マヤは思わず苦笑いをしていたが、その真偽の程はともあれ、アヌビスに教えてもらった地球でのマナーを忘れないようにしようと心に決めた。

「さらに、肉体にはＤＮＡの系譜というものがあり、たくさんの人々が連綿とＤＮＡのコードを運んできてくれたからこそ、今、地球という惑星に肉体を持って存在できるのです。その間、だれ一人欠けても、あなたはここに存在することはできません。

だれ一人でも、ですよ。おわかりですか？

このことを真の意味で理解した時には、ご自分の肉体に対して、ＤＮＡを運んできてくれた存在たちに対して、おのずと感謝の想いがわいてくるはずです。ＤＮＡのコードを正しく使って先人たちに依頼すれば、たいていのことは可能になるでしょう。もし、はるか遠い未来の自分の子孫に頼まれたなら、先人たちは喜んで手を貸してくれるはずです」

「ところで、人はどのような時に後悔をするか、あなたはご存知ですか？」と、アヌビスはマヤの瞳の奥を見つめながら尋ねてきた。

……人はどんな時に後悔するのだろう。

自分ならどうなのだろうかと、マヤはシュミレーションしてみた。

「うーん……思いを遂げられなかった時ですか？」

「そうですね。人は自分の才能に生きる時、もっとも輝きを放つものです。やってみてダメだったことよりも、やらないで終わったことのほうが、はるかに悔いが残るものです。

たとえば、なにかの事情で、自分の才能を発揮できなかった先人がいたとします。ＤＮＡに刻まれた同じパターンのコードを、遠い未来の人が活かそうとしていたら、その先人は喜んで手助けをしてくれるでしょう」

「ここで、宇宙的な見地から、先祖のことをご説明しましょう。

時間軸を巻き戻し、はるか先祖をさかのぼってゆくと、現在の地球人類はたった数人の母親へと戻ってゆきます。地球上の人々は目に見えないＤＮＡ的な絆でつながっているのです。さらに、土、水、火、風、空、光のエレメントをさかのぼってみれば、究極的には惑星地球へとつながっているのがわかるでしょう。ですから、たとえば自分のご両親がわからなくても、先祖がいるのかどうかわからなくても、すべての生命はつながっているのですよ」

「……なるほどね、究極的にはご先祖様は惑星地球なのか。この惑星圏で生きていくにあたっては、そういう仕組みなんですね」
DNA的なつながりは希薄だと思っていたマヤだが、はるか過去にさかのぼれば、惑星地球につながるという理論はとても納得できた。

「先ほどお話ししました水耕栽培の比喩に関しては、人間の魂の成長をもあらわしています。宇宙図書館の情報を正確にダウンロードするためには、現実の3次元の世界をしっかりと生きることです。しっかりと地に足をつけていなければ、宇宙とつながることはできません。足元がふらふらの状態で、宇宙情報につながったとしても、その情報は著しく精度が低く、信憑性に欠けます。なぜなら、足元がおぼつかない状態では、現実からの逃避や依存を生みだし、ゼロポイントにフォーカスすることは、ほぼ不可能だからです。地底に深く根を張っていない植物は高く伸びあがることができないように、宇宙を目指すには、足元の地球と強くつながることです。これが宇宙の原理原則です。おわかりですね？」

「なるほどね。この図形は植物にたとえれば根っこだけれど、人間にたとえれば足の裏みたいなものですね。ずっとこの惑星を歩んできた足。地球と接してきた足の裏って本当にすごいんだね……」

「裸足になって地面と接することも大切なことです」と、アヌビスはネコのように前足をなめながら言った。

アヌビスの大きな前足を眺めているうちに、マヤもアヌビスのように裸足になって歩いてみようと思いつく。


靴を脱いで自分の足の裏をあらためてじっくり見ていると、だんだんと足が小さくなって、赤ちゃんの足のように見えてきた。


小さな指に、小さな足。こんな小さな足だった頃が自分にもあったのか……と。

赤ちゃんの足のように小さく見える自分の足をさすりながら、こんな小さな頃から惑星地球の上を歩いてきたんだね。困難な道をこの足でよくここまで歩いてきてくれたものだと思うと、ただただ感謝の念が込みあげてきた。ありがとう、ありがとう、本当にありがとう。マヤは自分の足を慈しむようにさすっていた。


「それと、今のあなたにとっては余計なお話かもしれませんが。せっかくDNAの話題が出てきましたので、あなたのDNAのコードに面白い情報が書き込まれていますから、ここでひとつご紹介しておきましょう。靴はいいものを履くように」と、アヌビスは言う。

「はあ……？　なんですかアヌビス、それ？」

マヤは思わず笑わずにはいられなかった。

アヌビスの解説によると、裸足になることも重要だけれど、裸足のままでは危険な場所もあるので、その場所に相応しい靴を履くことが大切になるという。

そして【いい靴を履くと、その靴がいい場所に連れて行ってくれる】というデータが、先人によって書き込まれているという。その先人は「いい靴を履くと、いい場所に行かれる」という法則を自分の経験のなかから発見したらしい。DNAに刻まれた先人からのアドバイスを聞いて、マヤは自分の靴をピカピカに磨きながら、３次元に戻ったら実際に試してみようと思っていた。

そして、アヌビスはさらに、「地のエレメントを活性化させるには、自分の足で歩くこと、田畑を耕すこと、植物を育てることも有効です。人類は本来、惑星地球の庭師としてこの惑星にやって来たのですよ。そのことを忘れないように」と言った。

アヌビスの解説によると、粘土遊びをする、ピカピカの泥だんごを作る、土のレンガを作る、縄文《じょうもん》土器をさわることも……地のエレメントと親しむには有効な手段なのだという。

それと、あとひとつアヌビスは面白いことを言っていた。多少の例外はあるが、通常、地球に不慣れな魂は、まず標高の高いところに生まれ、だんだんと地球の生活に慣れてくると、標高の低いところでも適応できるようになるという。

でも……この統計結果が正しければ、地球の転生が少ないにもかかわらず、標高の低い臨海地帯に生まれる魂は、随分チャレンジャーだな、と思わずにはいられなかった。この統計の追跡調査は引き続き行ってゆこう。

「最後に地のエレメントにまつわる根源的な問題をお出ししましょう。この惑星では、なぜ、地面に値段がついているのでしょうか?」

アヌビスは真っすぐな瞳で言った。

「そうだね、昔のだれか偉い人が決めたのかな?」

「地面に値段をつけた時から、人々は地球をモノとして扱うようになり、地球をワタクシたちと同じ生命として扱うことをやめてしまいました。地球と会話ができなくなったのはその頃からなのですよ。地面をアスファルトで固め、土手をコンクリートでふさぎ、地面が呼吸できない状態にしているのです。たとえ人類がどんなに進化を遂げたとしても、今、惑星地球に存在できることに感謝し、地面に感謝をすることを忘れないようにしましょう。

次元の秘密は、生命についてどうとらえるか、どこからどこまでが生命なのか、もしくは、死んだら終わりなのかその先に意識はあるのか? そのとらえ方によって変わるのです。死によって3次元的な肉体は土に還り、各エレメントに分解され、これらのエレメントは、次の生命を育む材料になります。

ぜひ、覚えておいてください、ワタクシ、アヌビスは、あなたがたが通常いだいている生命の解釈よりも、もっと広い世界があることを知らせる者でもあるのですよ。

逆説的に聞こえるかも知れませんが、惑星地球としっかりとつながることによって、より多くの宇宙情報をダウンロードすることができるようになります。高い空ばかり見ていても、足元がふらふらしていたらバランスに欠け、その情報は芯が入っていないものになるでしょう。そのようなものにかかわっている暇はありません。さあ、ワタクシたちは次のエレメントへゆきましょう。

地のエレメントで学んだことを、透明な球体のカプセルに入れて、知性と感性の両方でとらえてみましょう。そして、右脳と左脳の双方を統合して、あなたの体験というものを通して、ハートの中心に落とし込んでゆきましょう」

アヌビスに促されるように、頭で理解した図形と感覚的にとらえた図形的な意味を透明なカプセルに入れて、自分の想いと共にイメージのなかでハートの中心へと落とし込んでゆく……。

やがて、体の外側にあった正六面体が、だんだんと小さくなって、ピンポン玉くらいの大きさになると、身体のなかにスーッと消えていった。

「正六面体、ダウンロード完了です。

さあ、次の図形にゆきましょう」

アヌビスは颯爽と身をひるがえし、大空に向かって涼《すず》やかな声を発していた。

地のエレメントと正六面体

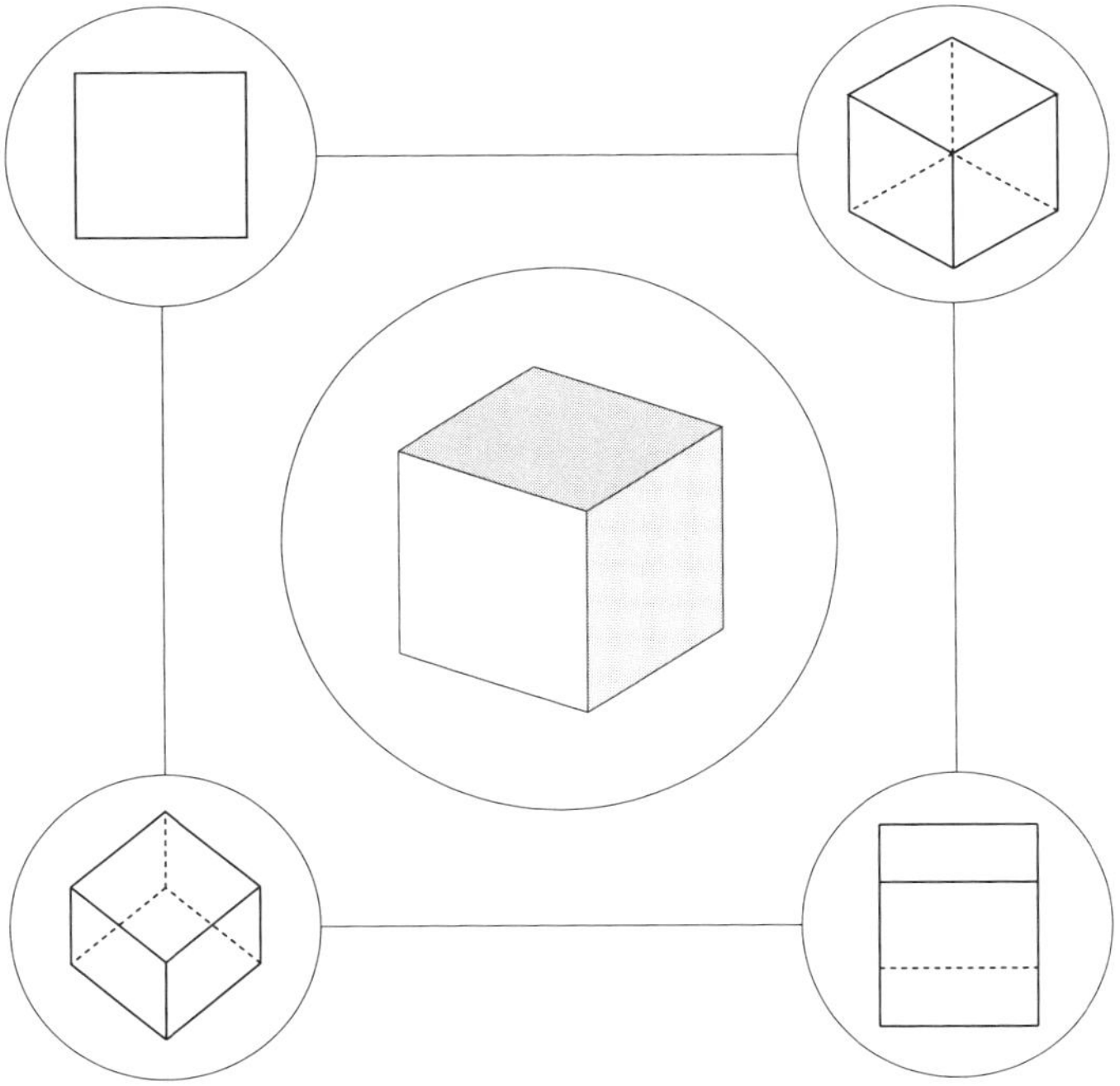

《水のエレメントと正二十面体》

「地球は、水の惑星と呼ばれています。

宇宙空間を旅する彗星《すいせい》に乗って、惑星地球に水がもたらされました。

大気圏内に形成された雲は、雨となって地上に降りそそぎ、川になって海へと流れ込みます。

海水は太陽にあたためられ、水蒸気になり、雲を形成し、やがて雨となって再び地上に舞い戻るという永遠の旅を続けているのです。

この水の循環を人の魂と考えてみると、宇宙から地上へ、また地上から宇宙へと、魂も同じように旅を続けています」

「さまざまな条件が重なって、地球は水の惑星として今なお存在しています。太陽からの距離が、もっと近くても、もっと遠くても、月との比率が異なっていても、このような状態で水を保つことはできません。あなたがた地球人類は、地表面に居住しているので、海のなかのことはあまり興味がないようですが、地球の海は生命の揺りかごでもあり、たくさんの生命が海で暮らしています。惑星地球上の多くの生命は、海から生まれたのですよ」

「だから『海』と『生み』と『産み』は同じ音なのですね」と、マヤは同音異義語を並べて、一人で納得していた。

「そうですね……そして、海から地上にあがった人類も、体内には海と同じ成分の水を保持しているのですよ。胎児は羊水と呼ばれる水に、ぷかぷか浮かんでいるのですから、人生の初期の段階では、あなたがたは水のなかに住んでいると言ってもいいでしょう。その水は海の水ととても似ています。

また、おもしろい見方を教えて差しあげましょう。たとえば、空に浮かぶ雲は、実は水のエレメントを材料にしているのですよ」

「え、そうなのですか。雲って、ふわふわしていて、つかみどころがないものかと思ったけれど、雲は水のエレメントなのか……。水だと思えば、雲をつかまえることもできるような気がしてきましたよ」

台座の上で雲のようなものが回転していた姿を思い出し、霞のなかにあるように思えた〝知恵の紋章3D〟も、温度を変えてゆけば、つかめるような予感がしていた。

「それでは、次に、地面に近いところを飛んでいる立体はどれでしょう?」

「これだ!」

次に低い位置で上下運動をしている立体をつかもうとしたが、つるりとすべってつかむことができない。水の入った風船のような手触りで、まるでシャボン玉のように輝きながら浮かんでいる。

次に重そうな立体は、五つの立体のなかでは面の数が一番多いようで、面の数を数えると、1、2、3……全部で20。

この立体を指の先でそっと触れてみると、潤いがあり、しっとりしている。決してカラッとしていない。肌を通してジワッと浸透してくるような感じがした。

「そうですね。これは二十枚の正三角形から構成されている、正二十面体という立体で、水のエレメントをあらわしています」

「えっ、アヌビス、これが水なの？　水というよりは雪の結晶みたい」

「あなたの感性は素晴らしいですね。ある意味で、五つの立体は宇宙のエッセンスの結晶体のようなものです。鉱物の結晶のなかに、これらの五つの立体と同じ結晶体を作るものが実際にありますね」

アヌビスは、キラキラと輝く、いくつもの鉱物の結晶を見せてくれた。これが自然にできた結晶体とはとても思えず、計算し尽くされた芸術作品を観《み》ているかのようだった。そのなかにはたしかに、五つの立体と同じ形をしているものがある。

「すごいねアヌビス。石にも図形的な法則があるんですか？」

「宇宙創造の原理は、植物や鉱物、ＤＮＡから銀河まで、万物に当てはまるものなのですよ」

「それでは、実際に立体のなかに入ってみましょう。ご自分のハートの中心にある光に意識を向けて、その光を立体の中心に重ねるようにイメージしてみましょう」

マヤは正二十面体のなかに足を踏み入れ、ハートの中心をあわせてみた。正六面体の時のように、頭をゴツンとぶつけることなく、スーと浸透するようになかに入ることができた。

静かに耳を傾けてみると、遠くで水が流れているような音がする。

「……それでは、惑星地球上のどの場所でも構いません。あなたが一番安心できる水辺を思い浮かべ、イメージのなかでその場所に座ってみてください」

静かに目を瞑り、脳裏に真っ白いスクリーンをビジョン化して、惑星地球所で一番安心できる水辺を検索してゆく……お風呂にしようかな、白濁の温泉にしようかな、それとも……。

しばらく、脳裏に作ったスクリーンを眺め、ビジョンが流れるままにしていると、手付かずの自然が残る高い山の風景が映し出されていた。山の頂からは抜けるように青い空が見えている。ふと、視線を降ろすと、エメラルドグリーン色をたたえた湖が見えてくる。マヤは夢のなかに入ってゆくように、スクリーンの景色に滑り込み、山の湖のほとりに、イメージのなかで座ってみた。湖畔には白い小さな花が、点々と咲いている。

「水のなかに手を浸して、伝わってくる温度や感触を味わってみてください……

水が奏でる音にあわせて、ゆっくりと呼吸を続けてみましょう」

アヌビスの声が遠くから聞こえた。

指先からは、ひんやりとした冷たさが伝わってきたが、だんだんと心地よい温度になり、肌からあたたかさが浸透してくる。ついに、外界の水と自分の皮膚との境界がわからなくなり、自分という存在が水のなかに浸透してゆくようだった。自分が水につつまれているのか、自分が水をつつんでいるのかわからなくなる。内側と外側が反転して、自分の姿が水に映っているのか、水が自分をのぞき込んでいるのか、どっちがどっちかわからなくなる。それでも、映像は川のせせらぎのように絶え間なく流れてゆく。

子どもの頃に泳いだ川。あたたかい海。記憶をたどってゆくと、それはまるで胎内の羊水に浮いているようで……あたたかい水につつまれて、もはやなにも怖いものはなかった。羊水にプカプカと浮かびながら、すべてがつながっている世界で、星の子守歌を聴きながら宇宙の夢を見ていた頃の記憶が鮮明に甦《よみがえ》ってくるようだった。

さらに、アヌビスの解説は続く……。

「……水のエレメントの特徴は、流れる、情報を運ぶ、循環する、記憶する、受容する、浸透させる、感覚的、しなやかさ、浄化などがあげられます。また、無意識の感情や夢の世界、記憶の奥底に眠るもの、そして非合理さをあらわします。

水の属性である正二十面体は、人間の身体でいうとお臍《へそ》周辺のエリアにあります。変化や流動性、そして可能性や創造性をも司っています。この流れを昇華《しょうか》させ、宇宙の創造に参加するか、自らの生存欲にとどまるか、その分水界になっているのですよ。

水のエレメントが活性化されると、潤いがあり、みずみずしく、感受性豊かに創造性を発揮できます。バランスを崩すと、依存心が強くなり、被害者意識や自己耽溺、自己憐憫に陥りやすく、そして、執着心が強まります」

「耽溺《たんでき》？　憐憫《れんびん》？　執着心《しゅうちゃくしん》？」

マヤは理性的な脳に刻みつけるように、耳慣れない響きがする難しい言葉を三つ繰り返してみた。

「たとえば、植物の成長における水の役割を観察してみますと、水がなければ植物は干からびてしまいますが、水を多く与えすぎても、根は腐ってしまうものです。水をたくさん与えればいい、というものではありませんね。ですから、感情の海に溺れてしまわぬように注意しましょう」

アヌビスに植物にたとえて説明してもらい「耽溺」というものがどういう性質のものか、ようやくビジョン化できたような気がした。

「さらに、水の性質に関してですが、水は丸い容器に入れれば丸くなり、四角い形に入れれば四角く、三角の入れ物に入れれば三角になります。無色透明であるがゆえに、どんな色にも簡単に染まります。順応性があり自在に姿を変えると同時に、従順であるがゆえに本来の自分自身の姿を見失ってしまう可能性もあるのです。

そして、循環しない水は腐ります」


……正二十面体は、停止した時点で腐ってしまうのか。

そう想像すると、なんともはかなげで、可哀想な図形のような気がした。

いや、待てよ。この可哀想という感情に取り込まれることが、憐憫や耽溺と呼ばれている水のエレメントを帯びているものの特徴なのかもしれない。

「……それには、今ここにない悲しみに浸らないようにしましょう。過去に起きたことを思い出して、何度も悲しむ必要はありません。今、目の前にあるものを味わいつくし、気が済んだら潔く手放すことです。今ここにないものを悲しんでも意味がありません。悲しみを乗り越えたからこそ、わかることもあるのですから。


とかく地球人類は、感情の高低差しか理解できません。高いところから低いところへと落ちてゆく、低いところから高いところへと昇ってゆく、その高低差しか感知できないのです。ようするに、目の前にあるものを全身全霊で感じるというよりは、今ここにない悲しみや恐怖に翻弄され、比較をしたり、感情の振れ幅によって、悲しんだり喜んだり、一喜一憂しているのです。

水は高い所から低い所へと落ちてゆく性質がありますが、振動数をあげることによって、再び上昇することができるのです。温度によって、氷─水─水蒸気 になることを思い出してください。現在の地球人類は、感情を伴った記憶しか、長くとどめておくことができませんが、そこに大きな矛盾があるのですよ。地球人類のだれもが、宇宙図書館に自由にアクセスするようになれば、人類の記憶システムも変転することでしょう」

「人間の感情って、随分、厄介なのですね……」マヤはポツリとつぶやいた。

「この宇宙空間において、地球人類の『感情』というものは、重要なファクターのひとつです。宇宙の進化の歴史をひも解いてみると、この広大な宇宙のある時空領域では、感情というものは進化の妨げになるという理由から、感情を切り離してしまった者たちが存在します。しかし、彼らはある一定のところまで進化した後、それ以上先へは感情というファクターを使わなくては進めないということに、ようやく気がついたのです。

ある一面からとらえれば、理性的な判断を邪魔する感情というものが存在しますが、それは感情というものが持つひとつの側面に過ぎません。よろしいですか。方向性を指し示す羅針盤となるものもまた、感情なのですよ。

目先の進化の邪魔になるからという理由で排除するのではなく、感情を自分の意思でコントロールして有効活用することが大切になるでしょう。そのためには、自分自身のパターンを良く知ることです。自分の心の闇をも、淡々と見つめることです。感情という流れを押さえ込もうとしても、発露を見出せない感情は凍りつき、集合意識の底で氷の柱になり、いずれは巨大な水量となって決壊することでしょう。ごらんなさい、この正二十面体のように、感情にも、さまざまな側面があるということを理解してください」

「自分自身のパターンですか……？　長所は短所、短所は長所になるのかな」

マヤは自分のパターンについて考えをめぐらせていた。

「よく覚えておいてください。心を物差しではかるのではなく、心で世界をはかるのですよ」

アヌビスの凛とした声があたりに響き渡り、その声に呼応するかのように、正二十面体はキラキラと輝きながら回転を続けていた。それはまるで記憶の扉のように、一つひとつの三角形から、さまざまな感情へとアクセスできるようだった。同じひとつの現象でも、いろいろな見方、感じ方があるように、感情は人と人をつなぐ接続点になる。共感をいだき、多角的にとらえることを助けてくれるのだろう。

「人は忘却のヴェールで心の痛みを覆いつくし、しばし闇のなかで自分を取り戻そうとします。

しかし、ご自分の心の闇を恐れていては、同じことを何度も何度も繰り返してしまうでしょう。この正二十面体は、言えなかったこと、伝えられなかった気持ち、流せなかった涙の結晶でもあるのですよ」

「人の感情っていうのは、複雑なものなのですね……でも、人の感情は重くて、時として、嫌になる時がありますす」

キラキラと輝く正二十面体を見つめながら、マヤは感慨深そうな声でつぶやいていた。

「客観的にみて、惑星地球の重力は大きいでしょう。洗練されていない地球人類の感情は重いものです。そして、誤解を恐れずに申しあげますと、人の感情は諸刃の剣にもなります。ゆがんだ感情は、ブラックホールを形成して、すべてのものを飲み込もうとするでしょう。人の発するゆがんだ感情は、正常な図形にめがけて揺さぶりをかけ、正常な図形を蝕んでゆくのです。現在の惑星地球で、図形を正常なまま保つということは、真っ暗闇の山の中の一軒家で、煌々《こうこう》と灯る電球のようなものです。少しでも透き間があれば、外部からの進入は避けられないでしょう。

しかし、ぬくもりや潤いを与えてくれるものもまた感情であり、感情を昇華させることによって生み出される光もあるのです。それが、水のエレメントの特徴でもあるのですよ」

「どうしたら、ゆがんだ感情を、本来の形に戻すことができるのですか？」

「感情を整合化させるには、この五つの立体を知性と感性、そして自分の体験としてハートの中心に落としこみ、深いところで納得することです。知識だけではなく、感覚を通して理解し、全身全霊を傾けてそれを実践することです。

結論から先に申しますと、現在の地球人類は、この五つの立体が著しくゆがんでいるのですが、その原因は、ゆがんだ感情をそのまま垂れ流していることにあります。これは環境問題にも匹敵し、感情の垂れ流しを放置しておくと、地球人類全体が危険な状態になるでしょう。なぜなら、感情はすべてつながっているのですから、局所的な汚染にはとどまってはいません。

もう少し踏み込んでご説明しますと、感情と言葉が乖離《かいり》することによって、これらの立体はゆがんでしまうのです。心にもないことを言う、心と裏腹なことをする、心と言葉と行動が一致しないと、図形がゆがむのですよ。

言葉だけではありません、笑いや涙もそうです。赤ちゃんの笑い声と、大人の笑い声を聞き比べてごらんなさい。大人になると、笑い声がゆがんでしまうのは、おもしろくもないのに愛想笑いをしているうちに、その音はだんだんと不自然なものとなり、ゆがんだ音になってきてしまうのです」

「たしかに、面白くないのに無理に笑おうとすると、顔が引きつりますよね」

マヤは思わず苦笑いをした。

「それでは、ここで、水のエレメントにまつわる問題をお出ししましょう。涙にはどんな涙がありますか？」

アヌビスは、真っすぐな瞳でマヤのことを見つめていた。

「涙、泪、波だ……？

あくびをした時に流す涙。目にゴミが入った時に流れる涙。

痛い時、苦しい時、くやしい時、悲しい時、寂しい時に流す涙。

笑いすぎた時。感動の涙。悦びの涙。歓喜の涙。

なぜだか理由はわからないけれど、涙が流れることもある……」


「そうですね。涙に沈む。涙にむせる。涙にくれるという表現もありますが、これらの涙は、すべて同じ成分からできているのでしょうか？」

「あっ、そうか！　その時の感情によって、涙の重さが違う気がする。粘着度が違うのかな」

「そうですね、ドロドロした涙。血のような涙を流す。スーッと流れる涙もありますね」

「涙の粘着度によって、感情の種類が違うのかな？」

「ええ、それだけではありませんよ。涙の種類によって味も違うことでしょう」

「わかった。苦い涙。しょっぱい涙。甘い涙？」

「そうです。涙を流すことは、悪いことではありません。涙という水を使って、異物を外に排出したり、感情の浄化を行っているのです。地球という惑星に自浄作用があるように、人間の心にも自浄作用があります。人間の流す涙は、降りしきる雨のようなものです。五月雨《さみだれ》、時雨《しぐれ》、通り雨……雨にもいろいろあるように、涙にもいろいろあるのですよ。あなたがたの母語には、雨を表現する言葉がたくさんありますが、それは水が豊かにある地域だからです」

「それに『水に流す』という便利な言葉もありますよ」

「そうですね、水に流すという言葉も、あなたが使っている言葉の持っているユニークな性質でしょう。しかし、流した水はどこへゆくのでしょう。水に流せばすべてきれいになるのでしょうか？

たとえば、キッチンから水を流して、その水は川へと流れ込み、いずれ、海へと向かうでしょう。水に流した汚れは、どこへゆくのでしょうか？

厳密には汚れを他の場所へと移動させただけで、汚れ自体は浄化されないものなのですよ。感情もそうです。たとえば、自分の怒りや不満をだれかにぶつけて、ぶつけた本人はスッキリするかもしれませんが、ぶつけられたほうは、どうでしょう？　その怒りや不満の行方を追跡調査すると、その感情は永遠にこの宇宙に刻まれているのがわかるでしょう」

「永遠に？」

「そうです。一度発した言葉や感情は、この宇宙が存在するかぎり、永遠に刻み込まれています。残留思念というものがあり、これが、惑星地球が抱える大きな問題でもあるのですが……。

惑星地球は未開の星なので、感情をむやみに垂れ流していますが、他の星からすれば、その感情は迷惑な話なのです。宇宙はすべてつながっていて、惑星地球から発せられた感情のゆがみは、宇宙全体に影響を与えているのです。ご自分が発する感情や言葉には、責任を持たなくてはいけないのですよ。おわかりですね？」

地球人類が発する感情が、宇宙の調和を乱している、ということが実際にあるかもしれないと思うと、しっかりとこの五つの立体についてマスターしなければとマヤは思うのだった。

「ところで、面白いデータがありますよ。あなたは、この言葉を憶えていますか？」

アヌビスは虚空に刻まれた書物を読むように、遠くを見るような目をしてこう言った。

……波の音と共に消え去る想いは、永遠の時を刻み、ゆらめく光になるだろう。

……湖の底に、ぼくらの思い出を沈めてくれないか？

……満月がゆらめく水面《みなも》で、きみがぼくと躍れるように。

全く理由などわからないけれど、思わずスーッと涙がこぼれた。理性とは別のところから流れてくるこの涙は、重くもなく、粘度があるわけでもなく、苦い味があるわけでもなく、無色透明で比重がとても軽いような気がした。科学的に分析してみたら、水の分子構造が違い、クラスターが細かいのではないかと思うほど……ただし、そこに科学的な根拠はまるでない。

そう、夢のなかで見た太陽の光や生まれたばかりの生命のように純粋で、他の次元から流れ込んでくる涙なのかもしれない。別にこれといって意味のある言葉ではなさそうなのに。心の深いところから込みあげてくるものを止めることができなかった。

「あなたは覚えていらっしゃいますか？

これは、かつて、あなたご自身が刻んだ言葉なのですよ」

「……そうなんですか？」

驚きのあまり、マヤは大げさな声を出していた。

「あなたのデータをダウンロードすると、これらの言葉を読むことができますので。ただし、感傷に浸るためにワタクシはこの言葉をお伝えしたわけではありませんし、あなたはだれと躍りたかったのかなどと詮索するつもりはありません。しかし、思い出してください。あなたの言葉は集合意識内におけるスイッチの役目をも果たしています。この言葉を聞いて思わず記憶の底に光が灯る人が、一人くらいはいるかもしれませんよ」

……もし、アヌビスの言うことが正しければ、もう少し気の利いた言葉を刻んでおけば良かったと、マヤは思った。

「かつてあなたが刻んだ言葉は、時空を超えて遠くまで届きます。なぜなら、あなたは言葉の持っている幾何学的な仕組みをご存知で、ハートの中心からその言葉を発していましたから。

別の言い方をすると、ただ単に図形が整合化されていたからです。石が持つ結晶体を……宇宙の幾何学的な仕組みを……言語として使っていたからですよ」

「その仕組みを、宇宙の幾何学的な仕組みを教えてください！」と、マヤは思わず叫んでいた。

「ええ、もちろんいいですよ。この五つの立体についての真相を理解して、5次元の幾何学を解き明かしましたら、あなたは宇宙の幾何学的な仕組み、創造の仕組みを思い出すことができるでしょう。宇宙の法則に則り、言葉を整合化させることが、あなたの魂の計画書に書かれた、永遠のテーマでもあるのですから」

たしかにアヌビスの言う通りなのだ。魂の計画書にはこんな記載がある。

「言葉、数字、図形、色、音、香りを宇宙の法則に則って整合化させること」と。

しかし、この文章を読んだだけでは、なんとも漠然としていて良くわからないとマヤは思っていた。宇宙図書館の記録によると、1万3000年前から人類の言葉がゆがみはじめ、今では宇宙の法則に則った宇宙的な言語を発する人は稀らしい。

1万3000年前というと……たとえば、レムリアの時代の人と会話をするには、ゆがみのない言葉を発しなければ、相手に本当の気持ちは伝わらないのだろうなと、はるか遠くを見つめるような眼をしながら考えていた。

「それでは、ここでテーマを変えましょう。少し難しい話になりますが、海にそそぐ川の水について、海水と淡水が交わるところで、水の性質をご説明しましょう。

アヌビスは虚空にスクリーンを設置して、海にそそぐ三角州の映像を映し出していた。

「ごらんなさい。ここでは、浸透圧によって、海水と淡水が二分されているのがわかるでしょう。浸透圧の仕組みは、次元間の膜の性質とよく似ています。多次元的な浸透圧の原理を理解できれば、幾重にも重なる次元が、なぜ混ざったりしないのか理解できるでしょう……水には次元間をつなぐ役割もあるのですよ」

「浸透圧、浸透圧、浸透圧」

マヤはこの言葉を忘れないように、声に出して三回繰り返してみた。

アヌビスの解説によると、次元とは浸透圧と同じような性質があり、それぞれの次元は互いに混じりあわないようになっているらしい。次元と次元の間は、網目の大きさが異なるヴェールのようなもので仕切られているので、粒子の細かい物質は、さまざまな次元を行き来できるが、粒子が大きい物質はヴェールを通過できず、他の次元に行くことは困難なのだという。結局、さまざまな次元を自在に往来するには、自分の振動数をあげて粒子を細かくするしか方法がないようだった。

「そして、水のエレメントの特徴は、循環する、流れるようなエネルギーです。情報でも、物質でも、お金でも、循環するエネルギーは水のエレメントの領域です。

また、水のエレメントは記憶や感情を司ります。水のエレメントをうまく流せないと、悲しみに浸り、感情の海で溺れてしまうでしょう。また、自分と他者の感情に境界線が引けなくなり……これは、先ほど申しあげました浸透圧の原理を理解していないことを意味していますが……他者の感情の層を読んで宇宙情報をダウンロードしたような気になってしまいます。

よく覚えておいてください。相手の感情にアクセスしてデータを読むという行為は、決して宇宙図書館検索とは言えません。それはただ単に、自分と他者の境界線が引けないだけです。そのような者は、自分の感情の問題を、他者に投影しているだけなのです。自分に都合のいい色眼鏡で、世界を脚色しているに過ぎません。

境界線に問題がある者は、水のエレメントがゆがんでいるので、すぐにわかりますね。彼らの特徴は、物理的にも精神的にも、地に足がついていません。その姿はまるで、根っこのない植物のようなものです。

エネルギーの流れを観察してみますと、彼らは惑星地球の中心とつながっていないので、惑星から直接エネルギーをもらうことができず、人の情にすがり、未だに臍の緒が母親の子宮とつながっているかのように、身近にいる人に接続してエネルギー補給をしています。彼らは、地球と子宮を間違えているのですよ」

「たしかに『地球』と『子宮』は、音が似ていますよね」

マヤは妙に納得した顔をしている。

「よろしいですか、もう一度申しあげます。境界線に問題を抱えている者が読むデータとは、地球劇の感情の記録であって、決して、宇宙情報ではありません。おわかりですね？」

アヌビスはいつになく凛とした声を出していた。

「ここで一つはっきりさせておきましょう。他者の感情にアクセスして、恐怖や欲望をあおり、相手をコントロールしようとする行為と、宇宙図書館検索は雲泥の差であって、似て非なるものです。他者の感情の層にアクセスして、相手をコントロールすることは、この宇宙では違法行為なのです。

惑星地球は未開の星なので、そのような行為も黙認されているかもしれませんが、近未来において、あなたがたが銀河レベルの大人になった際には、糾弾されることでしょう。宇宙図書館の情報は、もっと普遍的な宇宙の法則に則ったものなのです。

人の恐怖や欲望には、いくつかのパターンがあります。いいえ、あえて言及すれば、いくつかのパターンしかありません。

ご自分の衣食住が満たされれば、人間はそれでいいのでしょうか。魂の声には耳を傾けないのでしょうか？　生きること、死ぬことに恐怖を感じるのは、生命というものの本質を理解していないからでしょう。たとえ肉体は滅びても、永遠の魂の世界があります。なぜなら、この宇宙に存在するすべては振動をしていて、死と呼ばれるものは振動数が変化するだけであって、たとえ形態は変わっても、ワタクシたちは永遠の旅を続けているのですから。死とは振動数の変化に過ぎません」

振動数の変化というのは、きっと、生命が奏でる固有の音というものがあって、一つひとつの音によって、惑星地球が奏でる交響曲はできているのではないだろうか。

アヌビスの言葉を理解するのは難しかったが、死を迎えたら必ずアヌビスが道先案内人になってくれるから大丈夫という根拠のない自信がマヤにはあった。死の淵に立って、再びこの人生に戻ってきた時に見た映像が、唐突に甦ってくるのだった。肉体から意識が離れ、宇宙空間から見た惑星地球は、薄絹をまとい儚《はかな》げにまわる星に見えた。その時に自分がつぶやいた言葉が、記憶の深いところから甦ってくる。

……満面に、生命《いのち》の水をたたえた、祝福の星……地球。

この言葉は、どんなことがあっても忘れないだろう。水の惑星に住んでいる時は、その奇跡が見えないけれど、惑星地球から遠く離れた時、そのありがたさがわかるのだから。

「……さらに、この宇宙図書館が海の底のような静けさにつつまれていることも、偶然ではありません。たとえば、あなたが夢を記憶しておきたい時、水の力を借りていますよね。新月に見る夢と満月に見る夢が特別なのは、水と関連があります……」

「はい、前にアヌビスから教えてもらいました。枕元に水を用意しておいて、寝ている間に見た夢を水に覚えておいてもらう。朝になってその水を飲むと、大抵の夢は思い出すことができますよ」

そう「夢の調査」を行っているマヤにとって、夢を覚えていられるか覚えていられないかというのは切実な問題で、夢見の方法は宇宙図書館で教えてもらったことを実践したものだった。

「夢の調査員であるあなたは、すでにご存知だと思いますが、新月のゾーンに見る夢には、注意を払う必要があります。新月とは、太陽と月と地球が一直線に並ぶ瞬間であり、新月のゾーンとは新月の前後二日間を含めた約三日間をさします。この間に見る夢は、個人的な夢というよりは、人類の集合意識から配信される情報にアクセスしやすい傾向にありますので、夢の調査をするうえでは、ことさら重要になるでしょう。

新月のゾーンでは、集合意識はシーンと静まり返り、真夜中の森の湖のような静けさにつつまれていますので、ノイズが入りにくく、正確な情報をダウンロードできるのですよ。太陽のゲートと惑星地球のゲートが結ばれ、そこにゆがみがかかることなく、直角に情報を降ろしてくることができるのです。

一方、満月の日は、集合意識がざわざわしていて騒がしく、自分のものではない他者の夢を拾ってしまうことが多々あるでしょう。満月の日に見る夢は、感謝を持って手放してゆく、必要な人に渡す、ということが重要です」

「そういえば、アヌビス、今日は新月ですよね？　ということは、今朝、見た夢は……？」

「その通りですよ。今日は新月ですね。

太陽や他の星のゲートと、地球のゲートの軌道を計算するうえで、月という衛星は計算上、厄介な存在になりますが、数値の代入の仕方さえ理解してしまえば、月という衛星を怖がる必要は全くありません。惑星地球上の生命は、月の影響を受けていますが、その月のサイクルをうまく使いこなせばいいのです。波に乗るように、新月のタイミングを上手に利用してください。水も、夢も、そして、人の意識も循環しているものなのですから」

新月と満月のなかでも、特に「日蝕《にっしょく》」や「月蝕《げっしょく》」に見る夢には細心の注意を払うようにとアヌビスは言う。そして、「春分」「夏至」「秋分」「冬至」の日は、太陽と地球との角度が重要なので、これらの日にも夢に注目するといいらしい。

「とはいえ、流れる水は短期記憶ですので、数百年、数千年、数万年単位の長期間記憶を保持しておきたい場合は、水を結晶化させること、あるいは石などの鉱物を使うことをお勧めします。磐石《ばんじゃく》なものになればなるほど、時にさらされても色あせることがありません。イルカ・クジラ族は、海底に沈む石にデータを刻み込んでいますね……もっとも、この説明はイルカ・クジラ族にお任せするとして、ワタクシたちは先へ進みましょう」

目を瞑り、耳を澄ませば、月に歌うクジラの声が遠くから聴こえてきた。

地球の音はクジラの声と響きが似ている。その声は地球の音と深いところとつながっていて、他の惑星や太陽の音と共鳴しているような予感がした……。

水のエレメントでの体験を透明なカプセルにそそぎ込み、左脳的な知性と右脳的な感覚に刻みつける。自分の体験としてハートの中心で納得すると、正二十面体はだんだんと小さくなって、渇いた大地を潤すように、スーッと身体のなかへと吸い込まれて行った。

「水のエレメント、ダウンロード完了です」

鮮明なアヌビスの声に促されるように再び目を開けると、降りしきる雨の後にかかる虹のような色彩が、あたり一面に輝いていた。

水のエレメントと正二十面体

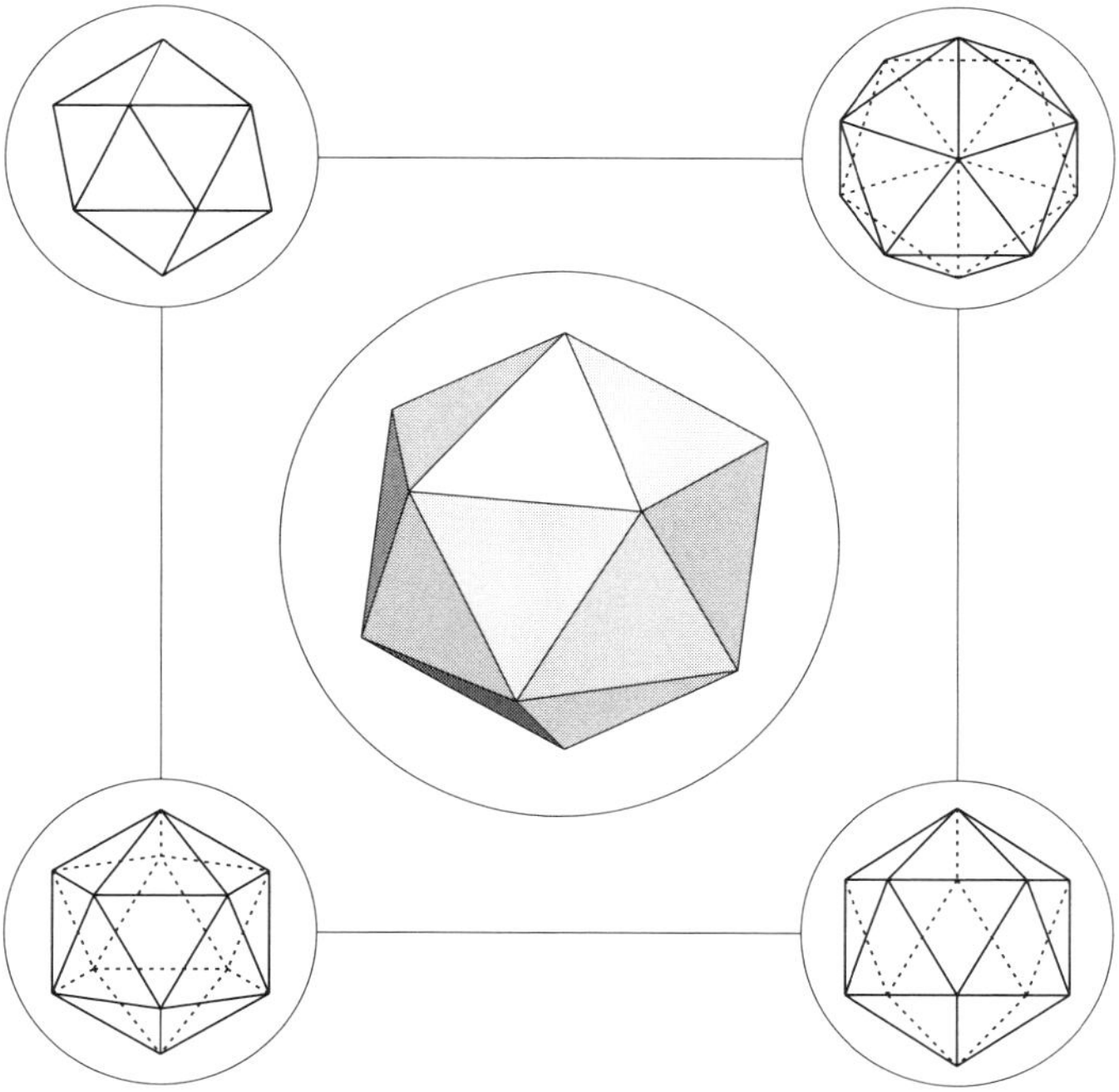

《火のエレメントと正四面体》

「ねえ、アヌビス、あの速い動きをする立体はなんですか？」

マヤはせわしなく宙を指さすが、動きが速すぎてその形をとらえることができないでいる。アヌビスはよく見ることができるように立体図形の動きを止めて、マヤの鼻先に浮かべた。その形は高速回転を続け、今にもどこかへ飛んで行ってしまいそうな感じがした。

「三角形が四枚でできているのか……。

この図形は動きが速すぎて、光の矢のように見えましたよ」

「そうですね。この立体の特徴は、動きが速いことです。この立体を床に設置させると、レンズの焦点をあわせるように、場合によっては温度があがってしまうことがありますので、このスピードに慣れるまでは、なかに入ってその感覚を味わうことはやめておきましょう。その代わりに、ご自分の意識体をこの立体の中心へと転送してください。この立体をどのように感じますか？」

たしかに、この三角形はレンズの焦点のようにも見えた。アヌビスに言われた通り、マヤは自分の身体をその図形に入れることなく、意識体だけを三角の立体のなかに転送してみた。すると、一瞬にしてあたりは明るさが増し、物事が細部まで明瞭《めいりょう》に見えるようになった。なんて明るい図形なのだろう。

「地のエレメントや水のエレメントは、暗く、ジメジメしていて、光が足りませんでした。暗くて湿っぽい場所は、爬虫類が好んで生息する領域で、いわば爬虫類の脳が支配するエリアでもあるのです。そこに光が射してくると、ようやく人として自立し、自分自身を見ることができるようになるでしょう。

この立体は知性やスピードを司っています。推進力、洞察力、集中力、行動力、瞬発力があり、そしてバイタリティーにあふれています。目的意識がはっきりとして、頭脳を明晰《めいせき》な状態に保つことが可能になります。この三角形が四枚集まってできた形……正四面体……は、火のエレメントをあらわしています。

火のエレメントの特徴は、頭の回転が速く、聡明で積極的ですが、行き場がなくなると、怒りとなって爆発するでしょう。烈火のごとく怒っている人、頭の毛を逆立てて怒っている人、頭から湯気を出して怒っているような人を見たことがあるでしょう。「怒り心頭、頭にくる」という言葉が示すように、怒りは頭に血がのぼった状態です。

火のエレメントのバランスが取れていないと、やる気が起きず、自己中心的になって、他者をコントロールしようとするでしょう。怒りや恨み、そして後悔の念を抱きやすくなります。一方、バランスが取れていると、許すことや感情を手放すことが容易になるでしょう。

火のエレメントは、暗く湿気の多いものに真実の光を投げかけ、真相を明らかにする、暴く、隠れることはできない、という厳しい一面もあります。

目に見える太陽だけではなく、内側にある太陽をあらわす場合もあります。ヒューマノイド型人類では、身体の中心軸上にあるお臍と胸の間、ちょうど、みぞおちのエリアにあたります。

先ほどの水のエレメントは、すべてを洗い流すような働きがありましたが、火による浄化は自らをも焼き尽くすような激しいエネルギーを持っています。たとえば、太陽の光が不足すると、どんよりとして暗く、寒く、活力がなくなります。太陽は暖かさやぬくもり、そして活力の源泉なのです。一方、灼熱の太陽は水分を奪い、大地はカラカラに干からびてしまいます。

また、植物の成長にたとえると、地中に眠る種に水がそそがれ、そこに太陽の日射があたり、太陽に向かって成長してゆきます。植物や動物の成長に欠かせない太陽の光は、創造性をあらわしています」

「ここで、火のエレメントにまつわる、エクササイズをしましょう。

太陽は何色でしょうか？」

「太陽の色は……白かな？　透明かな？」

どこか半信半疑という口調で、太陽の色を答えていた。それはなぜかと言うと、かつて幼い頃、太陽の塗り絵をしていた時に、太陽を白く塗って怒られたという遠い記憶があったからだ。

「そうですね」

アヌビスは優しく微笑んでいる。

「太陽の色について詳しくお話しする前に、座標軸の設定について復習しておきましょう。あなたはすでにご存知のことと思いますが、座標軸に◯に十字を書き込み、縦軸と横軸に目盛りをつけて、縦軸と横軸が交わる点をゼロにします」

アヌビスはそう言いながら、目の前の空間に、◯と十字からなる座標軸を描いてゆく。この形は宇宙図書館の領域では、なじみ深いものだった。

「さあ、この座標軸の中心に向かって、火のエレメントの図形を投入してごらんなさい」

「え、この正四面体を投げていいんですか？」

「ええ、どうぞ。十字の真ん中に向かって投げてください」

マヤは正四面体を持って、標的に当てるように投げてみる。丸いボールと違って、真っすぐ飛ばなかったが、何回か繰り返すうちに、どうにか十字の交わる点に投入することができた。すると、座標軸の外側の丸いフレームから、彩雲のようなものが立ち込め、座標軸は丸いモニター画面になり、そこにはなにか映像のようなものが上映されていた。モニターをのぞき込むと、それはまるで、丸い鏡を見ているかのように、自分の姿が映っている。そして、アヌビスがクルクルとシッポをまわして時間軸を巻き戻すと、懐かしさにつつまれた、古い映像が上映されている。

「見てごらんなさい。これがあなたの火のエレメントにまつわる記憶です。座標軸の中央にエレメントに対応する多面体を投入すれば、他のエレメントでも同じことができますよ。さあ、ご一緒に、あなたの記憶を検索してみましょう」

これはすごいシステムだと感心しつつも、過去の映像を見るのはチョッピリ照れくさいような気もするが、アヌビスと一緒に映像を見ることにしよう。

「太陽の塗り絵」というキーワードを入力すると、該当する場面がモニターには映っていた。


「太陽は赤でしょ」と、先生が言っている……

何度太陽を見あげても、どこをどう見ても、マヤの目には太陽は透明に見えた。

本当は透明に塗りたかったけれど、透明のクレヨンはないので、白いクレヨンで太陽を塗っていた。

「太陽は赤く塗りなさい」と、先生に言われ。

「そうか、この惑星では、太陽は赤でなくてはいけないのか……。

海だって青く見えるけれど、手のひらで海の水をすくうと、無色透明に見えるんだから……」と、しぶしぶ白い太陽の上に赤い色をのせると、太陽はピンク色になった。

それを見た先生は、ますます怒っている……。

白いクレヨンの上から赤いクレヨンで塗ったら、ピンクになるのは当然の原理で、それにしてもピンク色を見て怒る人は珍しいと、マヤは醒めた目で先生のことを観察している。

「ごらんなさい……あなたの観察通り、統計的に見ても、ピンク色を見て怒り出す人は少ないでしょう。白とはすべての色が混じり合い、白い光に見えているのです。白のなかにもいろいろな色が息づいているのですよ。

それでは、さらに問題ですが、日の出の太陽と、日中の太陽と、日没の太陽は同じ色でしょうか？」

「そういわれてみれば……時間帯によって太陽の色は違いますね」

「その通りです。太陽の光は時間帯によって見える色彩が異なるでしょう。それはまるで、虹の色彩のように、変化してゆくのですよ」

「ということは、アヌビス、太陽が緑に見える時間帯があるということですか？」

「よく観察してごらんなさい。

緑といってもここでいう緑とは、ペリドットのような金色がかった透明な緑ではありますが。緑という色は異なる二つの世界をつなぐ色だと気づくでしょう。黄と青、昼と夜、光と影、そして現実と夢を結ぶ色でもあるのですよ」

「さて、ここで問題をお出ししましょう。

緑という色を、女性的、男性的どちらかに分類するとしたら、あなたはどう思われますか？」

「……女性男性どちらとも言えないし、どちらとも言える。男の子っぽい女の子か、大人でない男の子？」

緑という色で思い出すのは……。

今度は「緑」という色をインデックスにして、座標軸を使って記憶をさかのぼってみよう。

マヤは小学一年生になる時に、どうしても緑色のランドセルがほしくて、方々探してもらったことがあった。今ではピンクやスカイブルーのランドセルも珍しくはないが、その頃は、男の子は黒いランドセル、女の子は赤いランドセルと相場が決まっていた。マヤはどうしても赤いランドセルを持ちたくなくて、緑色のランドセルを探してもらったが、結局どこにも緑色は置いてなかった。

緑のランドセルを持つのをあきらめたマヤは、それなら赤は赤でも、イタリア製の車のような赤い色がいいとオーダーした。それは、赤に黄色を混ぜたような国産車の赤ではなく、赤に微量の黒を重ねた色がいいと……。

そう、一言で赤といっても、黄味がかった朱色に近い赤から、深みのあるワインレッドまでいろいろあるのだ。それにしても、なぜそこまで緑色にこだわっていたのか、今思えば謎である。

もうひとつ「緑」にまつわるエピソードがモニターに上映されている。

中学生の頃の美術の授業中、「家庭を色であらわすと何色ですか？」と先生が質問をした。

ユニークな質問をする先生だと思ったが、マヤは「緑色」と答えていた。他の人たちは、実にさまざまな色をあげていて、それぞれ家庭によって色が違うものだとあらためて思った。

その時「緑なんて平和な家庭なのね」と、先生は言った。

たしかにカテゴリーわけすれば、平和な家庭に分類されるのだろうけれど、マヤにとって家庭が緑というのは、青と黄色を混ぜた時にあらわれる色としての緑であり、それが平和の色かどうかは不明だった。なぜなら、マヤの家族は、行動派の黄色チームと、冷静な青チームにわかれていて、その狭間でマヤはどちらにも属していない、両者をつなぐ色としての緑だと思っていた。黄色ほど自己主張はできず、青ほど知的でクールではない。その中間としての、ごくごく平凡な色だとマヤは感じていた。青と黄色が拮抗して生じた色としての緑は、両者のいいところも悪いところも半分ずつもらったようで、結局どちらにも属さない。熱くもなく冷たくもない、中立的な色だと思っていた。

「ところで、緑という色を大人と子どもにわけるとしたら、どちらだと思われますか？」

「嬰児《みどりご》という言葉があるけれど、緑は大人でもなく、子どもでもないような。……やや若いと思うな」と、マヤはどこか遠くを見つめながら答えた。

「そうですね、緑とは中性的であり、年齢的には大人でもあり子どもでもあるような、相反する二つの世界を結ぶような中立の色でもあるのですよ。光と影、黄色と青を混ぜた色でもあります。あなたが言うところの緑の太陽の『緑』とは、現実と夢との境界にたたずむ色であり、普段見えている世界や当たり前だと思っている価値観を『反転』させる要素が含まれているのです」

核心に迫ったことを言う時のアヌビスの目は、黄金と緑色を掛けあわせたような光を放っていた。この緑色はどこから来るのだろうか？

「太陽の光は何色かという問いに対する答えは、しばしば、その回答者の本質、エッセンス、魂の奥にある色……内なる太陽の色……を表現している場合が多いのですよ。もちろん、太陽＝赤という先入観は別として」と、言ってアヌビスは微笑んでいた。

外側にある物理的な太陽だけではなく、自分の内側にある太陽の色というものにもマヤは興味を覚えた。内なる光とは、自分の内側にある太陽のことかもしれない。なんの根拠もないけれど、内側にある太陽が、緑色に変わった時、なにかが作動する予感がするのだった。

「……それでは、立体についてのお話に戻りましょう。

正四面体は3次元に存在し得る、直線から構成される正多面体の最小単位です。この意味がおわかりですか？

これは最も少ない枚数の面から構成されている正多面体で、正四面体よりも面の数が少ない

郵便はがき

恐縮ですが
切手をお貼り
ください

101-0052

東京都千代田区神田小川町3-6-10
M.Oビル5階

株式会社 ナチュラルスピリット

愛読者カード係 行

フリガナ		性別
お名前		男・女
年齢	歳	ご職業	
ご住所	〒	
電話		
FAX		
E-mail		
ご購入先	□ 書店(書店名:) □ ネット(サイト名:) □ その他( )	

ご記入いただいたお名前、ご住所、メールアドレスなどの個人情報は、企画の参考、アンケート依頼、商品情報の案内に使用し、そのほかの目的では使用いたしません。

ご愛読者カード

ご購読ありがとうございました。このカードは今後の参考にさせていただきたいと思いますので、アンケートにご記入のうえ、お送りくださいますようお願いいたします。

小社では、メールマガジン「ナチュラルスピリット通信」(無料)を発行しています。
ご登録は、小社ホームページよりお願いします。**https://www.naturalspirit.co.jp/**
最新の情報を配信しておりますので、ぜひご利用下さい。

●お買い上げいただいた本のタイトル

●この本をどこでお知りになりましたか。

1. 書店で見て
2. 知人の紹介
3. 新聞・雑誌広告で見て
4. DM
5. その他（　　　　　　　　　　　　　　　　）

●ご購読の動機

●この本をお読みになってのご感想をお聞かせください。

●今後どのような本の出版を希望されますか？

購入申込書

本と郵便振替用紙をお送りしますので到着しだいお振込みください（送料をご負担いただきます）

書　籍　名	冊数
	冊
	冊

●弊社からのDMを送らせていただく場合がありますがよろしいでしょうか？

□はい　　□いいえ

正多面体はありません。ようするに、曲線は使わず直線から構成される面を貼りあわせた際に、正三面体、正二面体、正一面体では、立体になり得ないということです。そのため、正四面体は、宇宙をあらわす最小単位としての『時間のモデル』にしばしば使われています」

「アヌビス、時間のモデルとはなんですか？」

「時間のモデルとは、タイムトラベラーが時空を旅する際に使用するツールです。あなたもこの正四面体を、時空を旅する際に使っていますね。いわば、正四面体は、次元を超えてゆく際の舵取りになります。宇宙船の推進力には、この図形が組み込まれているはずですよ」

「宇宙船の推進力？」

マヤは慌ててノートを開き、夢で見た図形を思い出していた。やはりこれは、宇宙船の推進力なのだろうか？

マヤの好奇心は、はるか銀河を駆けめぐっていた。

「……この正四面体を使って、時間の説明をすることができるのです」

アヌビスは時間について、滔々《とうとう》と語りはじめた。

「時間とはプラスの時間だけではなく、マイナスの時間もあるのですよ。過去も未来も同時に存在していて、厳密に言えば過去も未来も、区別ができないのです。プラスの時間とは、未来に向かって進んでゆく時間。マイナス時間とは、プラスとはベクトルが逆の、過去へと向かってゆく時間のことです。すべての現象に、プラスとマイナスとゼロがあります。作用に対して反作用があります。それは時間も同じことであって、未来へと向かう時間もあれば、過去へと向かってゆく時間も存在するということです。

たとえば、人は夢を見ることはできますが、意識を保ったまま夢から帰還するのは難しいでしょう。なぜなら、あなたの持っている計算式は片道のため、行ったきり帰って来られないからです。あなたがたはマイナスの時間、夢の時間、目には見えない反作用を認識していないので、宇宙旅行への片道切符なのですよ。物事にはプラスとマイナスと、そしてゼロがあるように、作用と反作用とその二つを結ぶ点があります。

なぜ、現在の地球人類はマイナス時間を有効に使わないのでしょうか？」

「なぜ、と言われても……。アヌビス……時間は止められないし、時間を巻き戻すことは物理的には不可能ですよ」

「本当にそうでしょうか？」

アヌビスは瞳の奥をのぞき込むように、長い首を伸ばしている。

「なぜそう思われるかというと、あなたは生命に対して、ある一部分しか見ていないからですよ。あなたがたの時間に対する理解度は、死んだら終わりだと思っていること、死と呼ばれているものの後にも意識は連綿と続いていることを理解していないこととよく似ていますね。時間というものを、半分しか見ていないのです。いわば３６０度の円のうち、半分の１８０度しか見ていないからです。おわかりですか？」

「１８０度？」

「そうです。昼間の太陽の存在は認識できても、夜になると太陽はなくなってしまうと思っているからです。地球全体を観察してみれば、あなたが住んでいる地域の夜は、地球の裏側では昼です。

次元に対する理解度は、生命に対する理解度と比例します。生命に対する認識をここから一歩先へと進めなければ、いつまでも次元についての理解は境界線を超えていかれないでしょう」

「３６０度の円のうち、１８０度しか見ていないというのは、感覚的によくわかります。起きている時は意識があるけれど、寝ている時は意識を保つのは難しいから……」と、マヤは答える。

「そうですね。星の比喩《ひゆ》を使ってご説明しましょう。

夜、星を見て、あなたがたは目には見えない線を引いて星座というものを作りました。しかし、その星座の一つひとつの星の距離、奥行きというものを見ているわけではありません。平面としてとらえているわけです。星は地球からの距離によって、何百年前、何千年前、何万年前の光が届いているのですが、別々の時間を地球への距離を定点にしながら同時に見て、それらを同じ星座と認識しているわけです。時間というものを考えた時、このことはなにを教えてくれるでしょうか？

それぞれが違う時間を有しているにもかかわらず、同じ空間を共有しているように、時間的な多様性をすでに含んでいます。少なくとも地球に住んでいる人類の目から見ればそう見えるわけです。

一方、惑星地球は太陽のまわりをまわっていますが、その太陽も、銀河の中心をまわっているのですから、厳密に言えば惑星地球は円軌道ではなく、螺旋を描いていることになります。おわかりですか？

時間というものも、直線的に進んでいるように感じるかもしれませんが、波形を描きながら過去から未来、未来から過去へと向かっています」

「もう一歩踏み込んだ話を、ホログラムのお話をしましょう。

ホログラム映像とは、この正四面体の各面から当てられる光、四方向から見る光によって立体に見えます。この正四面体は、レンズの焦点、集中力として使うことができると共に、本来の姿を映し出すことができます」

「本来の姿を？」

「そうです。あなたは、このような伝説を聞いたことはありませんか？

死後の世界で、羽根と自分の心臓を天秤に掛けて、心臓が羽根より軽くなければ食べられてしまうという伝説を……」

「夢のなかで意識を保てなくなると、龍に夢を食べられてしまうようなものですか？」

アヌビスは虚空にスクリーンを物質化して、古代エジプト時代の壁画のようなものを見せてくれた。

「この伝説には、龍は登場しませんが……。

死後、天秤に掛けられるという比喩は、この正四面体のなかに入ると、本来の姿が明らかになるという宇宙的な事実を、地球的に翻訳したのですよ」

「えっ、そうなのですか？

正四面体を表現するのに、天秤を使ったの？」

「ええ、そうですよ。想像してみてください。壁画に正四面体を描いて、どれくらいの人がその意味を正しく理解できるでしょうか？」

たしかに古代エジプトの壁画は平面に描かれているので、正四面体を描こうとしたら単なる三角形になってしまうだろう。三角形が描かれていたら、自分ならピラミッドのことだと思うに違いないとマヤは思った。

「ねえねえ、アヌビス、ピラミッドは正四面体なの？」

「いいえ、ピラミッドは正八面体です。地上にあるピラミッドは正八面体の半分しか見えていませんが。正八面体については、後ほど詳しくお話ししましょうね」

アヌビスは優雅に微笑んでいる。

「正四面体は最もシンプルに、本来の姿を映し出します。この図形のなかに入れば、もはやなにも隠すことはできません。ホログラム映像はその仕組みを利用した技術です。

もう少し具体的な例をあげますと、正四面体の底の三角形に立っていると想像してください。そして、自分を取り囲むように三つの三角形があります」

マヤは地面に設置している三角形に立っている姿を想像してみた。すると、三方向に三角形が取り囲んでいる。

「ご自分が立っている三角形以外の面に、自らの視点というものを瞬時に設置することができます。意識を他の面の中心に向ければいいだけですよ。簡単ですね。

すると、自らを別の角度から客観視できるようになります。その方向は合計四方向です。ご自分が現在存在している思考の中心を基点として、その他に三方向の視点を獲得し、自らをスキャニングできるのです。おわかりですか？

一つでは点。点と点をつないで線に。三点を結んで図形になり、そして、三点とさらにもう一つの点を結んではじめて立体的な解釈ができるものなのですよ」

「さあ、ご一緒に練習してみましょう。

まず、底辺の三角形にご自分がいると想像してみましょう。

真正面に面がくれば、60度の角度で、右後ろと左後ろに、残りの二つの三角形があります。

真後ろに面があれば、60度の角度で、右前と左前に、残りの二つの三角形がありますね。瞬時に視点を変えてごらんなさい。

視点を入れ替え、基点を他の面に入れ替えても、三方向の別の視点が存在します。

さあ、続けてみましょう」

底にくる三角形が、パタパタと入れ替わり、方向を変えて進んでゆく。その動きはオモチャの「起きあがりこぼし」のようだった。底にくる三角形は絶えず入れ替わっても、常に三角形が三方向に存在している。60度ずつ方向転換しながら、視点が変わってゆく。床には三角形の軌道が描かれていた。マヤはこの遊びが楽しくて楽しくて仕方ないようで、歓声をあげながら、目にもとまらぬスピードで立体を操縦し続けている。

このスピード感覚を一度味わってしまうと、地上の現象など遅すぎて、すべてが静止しているように見えてくる……。

「いいですね。順調です。さあ、次のエクササイズをしましょう。

この正四面体の底にあたる三角形を、上に向けて、三角形の頂点を下に向けてみましょう。そうするとどんな感じがしますか?」

「わー、すごい」

たまらずマヤは大きな声を出していた。三角形の頂点が下を向くと、とても不安定で、今にでもどこかへ飛んで行ってしまいそうな感じがした。

「三角形の頂点を上に向けるか、下に向けるかで、スピード感が異なることがわかるでしょう」

「頂点を下に向けると速い、速い」

マヤは子どものような声をあげながら、頂点が下を向いた正四面体と遊んでいた。

「いいですか、決して慌てたり、焦ったりする必要はありませんが、時を読み、使命を作動させる際の『集中力』として、この図形を使ってください。魂の計画書を読めば、この正四面体が、使命を作動させる際のサインになっていることに気づくでしょう」

アヌビスと一緒に「魂の計画書」をスキャニングして見ると、使命が作動する位置には、必ずこの正四面体の図形が描かれていることがわかった。はじまりと終わり、そして停止のコードのうち、正四面体は、はじまりのコードとして使われている。

「記憶や夢のシステムを検証すれば、マイナス時間が存在していることがわかるでしょう。過去のことを思い出すという行為は、マイナス時間を使って、意識を過去へと巻き戻しているのです。わざわざ年表をさかのぼってゆくように、時間を逆行させるわけではなく、感情や色や数字など、さまざまなインデックスを使って、時間を飛び超えるのです。

図形とはある特定の時間領域を示すインデックスになります。図形をアクセスコードとして使う者は稀ですが、一瞬の出来事なので、その事実に気づいていないということもあるでしょう。そう、あなたもそうですね。

しかし、この正四面体を使った時間モデルの説明は聡明な意識状態でなければとても受け容れられないでしょう。そういった意味でも、この火のエレメントの状態で時間のモデルを説明することは有効なのですよ」

アヌビスは息継ぎもせずに一気に話していた。こんなアヌビスを見るのは初めてだったので、火のエレメントの推進力、集中力というものは半端ではないと身を持って感じた。

集中力というのは、こういうものなのだろう。マヤは図形にフォーカスする際の矢印として、この図形を使おうと心に決めた。

「ねえ、アヌビス……この形……正四面体って勇気の紋章３Ｄに似てない？」

マヤはようやく、その事実に気がついたようだった。

「もしかして、勇気とは火のエレメントを使うのですか？」

「そうですね。決心する、集中する、力を一点に集めるものとして、この図形を使ってみましょう。それでは、最後に、勇気の紋章３Ｄについてお話ししましょう。

結論から先に申しますと、勇気の紋章３Ｄは正四面体と同じ外観をしています。

そして、勇気の紋章３Ｄのなかに、もうひとつの図形が入っていることがおわかりですか？」

「あれ……もうひとつあるの？　平面で考えると三角形のなかに三角形が入っているけれど、３Ｄだと……」

「平面に描かれた線としてではなく、立体としてとらえてみましょう」

アヌビスは勇気の紋章3Dを物質化して、空中に浮かべてゆく。マヤはそれを手に取って、その構造をまじまじと見ていた。

「……もしかして、真ん中にあるのは、本当のピラミッドと同じ形じゃない？」

「ええ、その通りですよ。これは正八面体という名の図形で、風のエレメントでもあるのです」

「アヌビス、不思議だねえ。どうして勇気の紋章3Dは、火のエレメントのなかに、風のエレメントがあるのですか……？」

「その理由は、風のエレメントである正八面体をダウンロードした際にわかるでしょう。さあ、明晰さを持って、次のエレメントにゆきましょう。いよいよ次は正八面体と呼ばれているピラミッド構造についてです」

はやる気持ちを抑えきれず、火のエレメントである正四面体を速攻でダウンロードする。

「火のエレメント、ダウンロード完了です」

アヌビスの声と共に、あたりは一瞬にして明るさを増し、まばゆい光につつまれていた。火のエレメントとは、暗くジメジメしたものに真実の光を投げかけて、まわりを照らし、真相を暴いてゆくのだろう。正四面体を見ているうちに、意識がどこまでも明瞭になってきたような気がした。

火のエレメントと正四面体

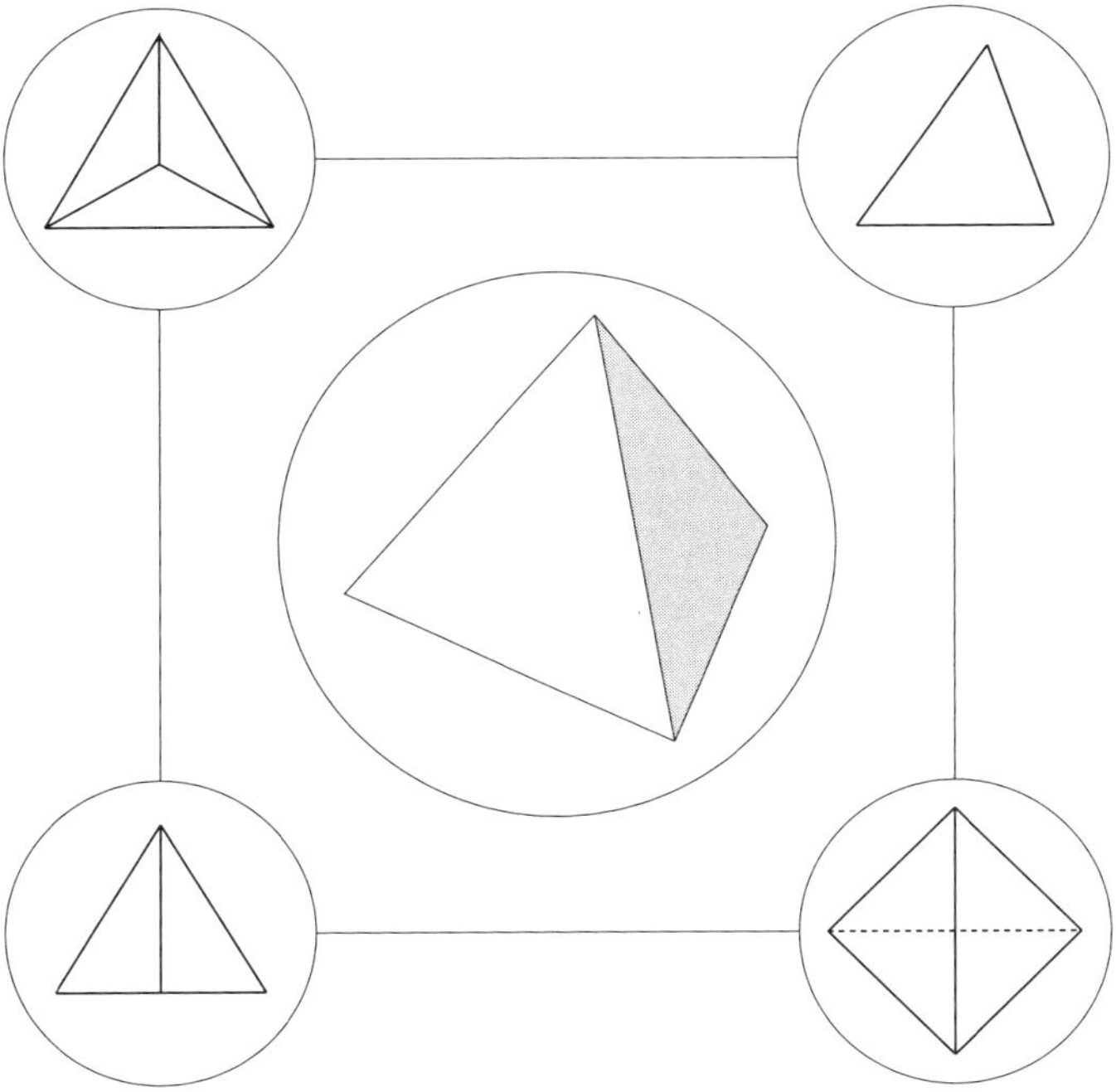

《風のエレメントと正八面体》

五つの立体のうち、明らかに他の図形と違う動きをするものがあった。その図形は、キラキラと輝きながら旋回している。

「アヌビス、あのキラキラした図形はなんですか？」

「三角形が八枚集まってできた立体……正八面体……によって、風のエレメントは具現化されました。ピラミッドが水鏡に映っているように、ちょうど上向きのピラミッドと下向きのピラミッドが底辺で連結された形です。本来ピラミッドはこの正八面体の形をしているのですよ」

「……地球上で、風とはどのようなものでしょうか？

風は水面《みなも》を渡り、木々を揺らし、そして季節を運びます。心地よいそよ風は心を爽やかに、そして軽やかにしてくれます。一方では、風は燃えさかる炎をあおり、荒れ狂う嵐は破壊をもたらすこともあるでしょう。

風のエレメントである正八面体は、ピラミッドが水鏡に映ったような形をしています。この形を平面的にとらえると、上向きの三角形と、下向きの三角形が底辺で連結され、受信と送信のバランスがとれています。人間の肉体でいうと、心臓周辺のエリアにあたります。この立体の特徴はバランス、いわば、光と影の統合をあらわしています」

「風のエレメントは、思考的、知的な活動を司り、そして、合理的な性質を持っています。また、慈愛を司り、愛を与えること、そして愛を受け取ることがテーマです。エネルギーが停滞すると、自分勝手で自己中心的になります。

風のエレメントのバランスが崩れると、与えることも受け取ることも難しくなるでしょう。イライラがつのり、せっかちになり、不平や不満が多く、絶望感にとらわれたり落ち込んだり。その状況にとらわれ身動きがとれなくなり、呼吸が浅くなる傾向があります。

風のエレメントのバランスが取れていると、軽やかに、しなやかに、そして柔軟性が生まれます。爽やかで、涼やかで、本来、調和を大切にする立体なのです」

「でも、アヌビス、与えることも受け取ることも難しくなるなんて、なんか矛盾していない？　与えることが難しい人は受け取ることが得意で、受け取ることが難しい人は与えることが得意のような気がするけれど……」

「もっとよく観察すればわかりますよ。

それでは、与えることと、受け取ることの多次元的な解釈をしてみましょう。

さあ、ご一緒に、ひとつ上位の次元からこれらの現象を観察してみますよ」

「まず、①あなたが、②ワタクシに、③なにかを与えたとしましょう」と、アヌビスは黄金の羽根のようなものを羽ばたかせながら、マヤの足元に①、自分の足元に②と書き、「①→②」と矢印を書き入れた。

「ここで起きていることを観察しますと……
①は②に与えた。
②は①から受け取った。
という双方向の流れが見えてきますね。その逆も同じです。②ワタクシが、①あなたに、③なにかを差しあげたとしましょう」と言いながら、アヌビスは足元に書いた数字の間に、「②→①」と、逆向きの矢印を加えてゆく。

「もう、おわかりですね。ここで起きていることを観察しますと……
②は①に与えた。
①は②から受け取ったということです。
ようするに、『与える』という行為は、相手側が『受け取る』という機会を作り、その逆も真で『受け取る』という行為は、相手側に『与える』という機会を生み出します。この二つは作用・反作用の仕組みと似ているところがあり、単独では存在できません」

「なるほどね……それはそうかもしれないけれど……。③の物の移動という意味では、一方向でしょ？」

「その通りですよ。いいところに気がつきましたね。物質の動きだけに注目していては、そのひとつの方向しか見ることができないでしょう。それは、先ほどお話ししましたマイナスの時間と同じような仕組みです」

「マイナスの時間……？」

「もう少しわかりやすい例題を差しあげましょう。

たとえば、あなたが、ワタクシからなにかを受け取る際に、これを受け取ることができませんと拒否した場合、あなたは、ワタクシから『与える』という機会を奪うことになります。おわかりですか？」

①と②の間に矢印を描いて、マヤは腕組みをしながらしばらく考えていた。

「たとえば、あなたが、ワタクシ、アヌビスになにかを与えようとして、ワタクシがそれをご辞退申しあげたとします。そうすると、『与える』というあなたの行為をワタクシは阻害してしまうことになります。おわかりですか？」

「……なるほど。双方向から見れば、そういうことですね」

「それでは、上位の次元から、この贈答のシステムを観察してみましょう」と、アヌビスは言う。

「だれかに物を差しあげる時、動いているのは『物』だけでしょうか？　その背後にある『もの』をよく観察してごらんなさい」

マヤは足元に書かれた数字に、矢印を何回も描いて考えあぐねていたが、アヌビスが言うところの「物」と「もの」そして「モノ」では、微妙に周波数が違っているような気がした。

「そういえば……動いているのは物質的な物だけではないかもしれません」


「そうですね。あなたはだれかから、ものを受け取るとします。

その際に受け取ったものは、目に見える物質だけではないはずです。目には見えない双方向のベクトルがあるはずです。すべてのものは循環しているのです。それは、正八面体が示す本質でもあり、多次元的な贈答のシステムといえるでしょう。いわば、これがハートとハートのコミュニケーションの奥儀《おうぎ》なのですよ。

差しあげたいのは、きっと目に見える物質ではなく、その背後にあるもの。その物を通して伝えたいこと。いうなれば、そこにこめられたストーリーなのでしょう……」

「ストーリー……？」

マヤの瞳は、夜明けの太陽のように輝いていた。

「ええ、そうです。物語です。

あなたはご存知でしょうか？　この宇宙図書館には、『すべてを満たす一つの物語』という書物が存在しています。この本を読んだ人はほとんど皆無ですが、いつの日か、あなたも、この本を読むことになるでしょう。いつか、きっと……」

『すべてを満たす一つの物語』って、どんな物語なんだろう。読んでみたいなあ……」

マヤはその本の題名を聞いただけで、ボーっとしてしまい、自分がどこにいて、なにをしているのかわからなくなってしまった。『すべてを満たす一つの物語』とは、想像をはるかに超えた、とてつもない書物なのだろう。

「さあ贈答のシステムはわかりましたね。では、風のエレメントの特徴についてもう少し詳しくお話ししましょう。

風のエレメントである正八面体を、植物の成長にたとえてみましょう。植物の種から芽が出て、太陽に向かって伸びあがり、そして風にゆらぐことによって、植物は強く成長します。これは植物だけではありませんよ。地球人類の成長を例にご説明しましょう。

まずは土に水を加えて粘土のように混ぜ合わせます。

その粘土をこねているうちに、だんだんと形ができあがってきました。

そして、完成した泥人形を火のなかで焼いてみましょう。

しかし、焼きあがった人形も、このままではただの泥人形です。

最後に息吹を吹き込んで、初めて人間が完成します。

正八面体に象徴される風のエレメントとは、最後に吹き込む息でもあるのですよ」

「なるほどね、泥人形のたとえは良くわかるね。わたしは幼稚園の授業中、ずっと一人で粘土遊びをしていましたから……粘土のことはよく理解できます」マヤは泥人形のたとえを聞いているうちに、土、水、火、風の順番に立体を学んだ意図がようやく理解できたような気がした。

「そして、あなたがたの言語で息という文字は、自らの心と書くように、自分の心を肉体に吹き込んで、ようやく人間が完成するのです」

「息ってすごいんだね。そういえば、わたしが使っている母語では、人が亡くなる時には、息を引き取ると言いますよ。それに、危機的状況から帰還した時は、息を吹き返すとも言います。息をすることと、生きていることは、とても近いような気がするなあ」

「宇宙的に見てもそれは的確な表現ですね。惑星地球で生きてゆくうえで、最初の息と、最後の息はとても重要です。しかし、最初の息と最後の息だけではなく、一息ひと息すべてに意味があるのですよ。いつも当たり前のように息をしているので、あなたがたは呼吸をしていることを忘れてしまうこともあるでしょう。しかし、吐く息と吸う息、そして、その狭間の息、この三種類のパターンを使って、常に宇宙とつながっているのです」

「吸う息と吐く息の二種類ではなく、三種類なのですか？」

「その通りです。図形的な解釈をすれば、送信の図形、受信の図形、統合の図形があるように、息は三種類あります。吐く息と、吸う息と、その狭間にある息です。生物にたとえれば、イモムシが蝶になるには、その狭間にサナギの季節があるように、ＤＮＡのコマンドでも停止のコードが重要な役割を担っているように、狭間の息に注意を払ってみましょう。

息について申しますと、一息ごとに、宇宙空間にあなたの意識を送信していると言ったほうがいいかもしれません。また、一呼吸ごとに、宇宙の意識をご自分のなかに受信しているとも言えるでしょう」

マヤはアヌビスと一緒に、息を吸ったり吐いたり、息を止めたりしてみた。息を吐き切ってからではないと、息は十分に吸えないことが身体的によくわかってきた。

「ここで、おもしろいことを教えて差しあげましょう。どのような意識状態でいるのかによって、起きる現象が変わるということを実際に経験したことがあるかと思いますが、この現象は、正八面体に象徴される呼吸の原理を知れば、図形的にも納得がゆくことでしょう。これは扉の原理と同じく、内側と外側が同じ周波数にならないと扉が開かないように、その逆も真実で扉が開くと内側と外側が混じり合うのです……このパターンを90度変換しますと……どのような意識状態で呼吸をするかによって、同じパターンの意識を吸い寄せていることが手に取るようにわかります」

「それでは、息を意識と考えてみましょう。あなたがどんな意識を発するかによって、どんな意識を吸うか決まってくるのです。おわかりですか？

初めは実感として湧かないかもしれませんが、ハートの領域に正八面体を意識して呼吸をすると、やがてその仕組みを実感できるようになります。そして、あなたが『太陽の図形』と称して描いた創造の図形も、この正八面体と関連があるのですよ」

「えっ……そうなんですか、アヌビス？　たしかに太陽の前面でまわっていた図形は八個の要素からできていました。その答えは、正八面体にあるのでしょうか？」

マヤは突然スイッチが入ったように身を乗り出して、ノートを見せながらアヌビスに質問をする。

「正八面体は解答に至るためのひとつのかたちです。しかし、その前に、5次元の幾何学について実際に体験し、もう少し理解を深めなくてはならないでしょう。さあ、この正八面体の中心に、ご自分の意識を置いてみましょう」

アヌビスに促されて、マヤは静かに目を瞑り、ゆっくり息を吐きながら、正八面体の中心に自分の意識を置いてみると、前後左右を三角形で囲まれている安心感があった。上向きのピラミッドと下向きのピラミッドのなかにいると、なぜか宇宙にあるものは、地球にもあるという安心感につつまれ、上下、左右、前後のバランスがとれてくる。この図形は明らかに、上下も左右も前後も瞬時に入れ替えることができた。八方向すべての面に映像が映り、意識を向けた画面に瞬時に移動できるというのがことの真相なのだろう。多次元的な視点とは、こういうことかもしれない……。

「いいですか、この図形に入ると見えてくるものがありますね。結論から先に申しますと、身体の前面だけではなく、背面も重要ということです。地球人類は顔の前に目がついているので、前方に意識を向けがちです。しかし、後ろにも目があるような気持ちで、360度すべてを見渡す球体の視点を心がけてみましょう。目とは皮膚が『特化』したもので、もともと皮膚全体が目でもあるのですから……」

マヤは目を瞑り、頭の後ろ側に目がついていると想像してみた。そして、自分の肉体を360度すべての角度から見渡してみようとしたが、これがなかなか難しいので、八方向から見ることにした。

「そして、身体の外側に正八面体があり、ご自分の身体の心臓付近にも小さな正八面体があるとイメージしてみてください。身体の外側の図形も、内側の図形も大きさが違うだけで、全く同じ形状をしていますね。同じ形のものは、たとえ大きさが異なっていても共鳴します。おわかりですか？

ご自分の外側の正八面体と、内側の正八面体を共鳴させて、意識を向けてみましょう。まずは外側、次に内側、また外側、内側に最低四回繰り返してみましょう」

それはまるで、正八面体の電気の傘があって、外側と中心の電気が、ついたり消えたりしているような感じで面白かった。

「順調ですよ……。自在にスイッチできるようになりましたね。ご自分の内側と外側を反転させるというのは、こういうことです」と、アヌビスは淡々と説明を続けていた。

「これらの図形は、あなたがたの身体だけではなく、地球の真ん中にも、そして地球の外側にも存在しています。地球の真ん中に正八面体があるとイメージしてみましょう。そして、地球の外側にも正八面体があるとイメージします。まず、地球の外側、次に内側、外側、内側へと意識を向けてみましょう。簡単ですね」

アヌビスに言われた通り、地球の内側と外側にも正八面体の図形があって、内側と外側に繰り返し意識を向けてみると、まるで、それは心臓の鼓動のように、収縮と拡張を続けている。人間の身体の内側にも心臓があって、きっと地球にも心臓のようなものがあるに違いない。

「さあ、ここで面白いことを教えて差しあげましょう。

地球という単語を英語で書くと『ＥＡＲＴＨ』ですが、文字の順番を入れ替えてみたらどうでしょう？」

マヤは「E」「A」「R」「T」「H」の文字を入れ替えて、さまざまな組み合わせを試してみるのだった。アヌビスはしばらく無言で眺めていたが、ある組み合わせの時に、ようやく言葉を発するのだった。

「そうですね。『HEART』になります。『EARTH』も『HEART』も同じ素材でできているのがわかるでしょう」

「そうか！」

マヤは感嘆の声をあげていた。「HEART」と「EARTH」は構成している文字が一緒で、順番を入れ替えただけだった。地球の中心にも、ハートの中心にも同じ図形があるということが、文字列としてよく理解できたような気がした。きっと知らないだけで、日本語だけではなく、他の言語にもいろいろ不思議な法則があるに違いないと、マヤは瞳を輝かせていた。

「それでは、ハートの中心から発する言葉についてお話ししましょう」

アヌビスは背筋をピンと伸ばしていた。

「たとえば、二人の人物が会話をしている際に、その様子を真横から観察してみてごらんなさい。発せられているのは音声としての言葉だけではなく、目には届かないなんらかの色が発せられていることがわかるでしょう。それは色彩を伴った雲のように見える場合もあれば、光のビームように見える場合もあるかもしれません。その光がどこから発せられているかよく観察してごらんなさい」

アヌビスはスクリーンを物質化して、そのなかにさまざまな場面を上映して見せてくれた。伝説のスピーチや、歴史上の人物の顔も見えていた。

「見てみてアヌビス、あの人は心からではなくて、おでこから言葉を発しているね」

「そうですね。眉間《みけん》から発せられる言葉は、二極の答えを要求します。良いのか悪いのか。プラスなのかマイナスなのか。利益があるのか利益がないのかという二極性です。眉間から発せられた二極性に満ちた言葉が、欲望、恐怖、権力、支配、などと結びつくと厄介です。

一方、ハートから発せられる言葉はすべてを包括しながら、二極の答えにこだわらない傾向にあります。おわかりですね？

ハートから真実の言葉を発しないかぎり、伝わらないものがあるのです。

たとえば、赤ちゃんや、言語を話せない存在とコミュニケーションを取る場合は、ハートのコミュニケーションが有効な手段になるでしょう。植物や、動物や、石や、惑星地球と話す場合、人間の言語を使っているわけではありませんね。それは、ハートの言語なのです。

ハートのコミュニケーションを用いることができれば、時空を超えて、さまざまな存在とコンタクトがとれるでしょう。惑星地球でのあなたのミッションは、ゆがんだ言葉を整合化させることでもあるのですよ」

「ゆがんだ言葉を整合化させると、どんないいことがあるのかな？」

惑星地球でのミッションと言われても、マヤにとって、その意図が疑問だった。

「言葉を整合化させることによって、時を超えて、場所を超えて、そして種を超えて、さまざまな存在とコミュニケーションが取れるようになります。宇宙共通言語を理解すれば、宇宙図書館のすべての文字が読めるようになるということです」

「それって、すごいですね！」

宇宙図書館にある膨大な本が、すべて読めるようになるとは、想像の域をはるかに超えていた。

「かつて、地上では同じひとつの言語、ハートの言語を話していたのですが、人々がバラバラの言語を話すようになってから、互いに相手の言葉がわからなくなり、惑星地球や太陽の言葉が理解できなくなって、現在に至っているのですよ」

「ねえ、アヌビス、数字についてはどうなんですか？

夢のなかで、数字や図形を使ってコンタクトを取ってくる存在がいるのですが……」

「結論から先に申しますと、数字や図形は、宇宙の共通言語です。しかし、その言語を理解できないうちは、数字や図形というものは単なる記号にすぎません。それをどのように理解するか、解釈するのかは、その人の持っている多次元的な言語の解読能力に委ねられています。

ただし、数字を計算の道具や、なにかをはかるものとしてだけに使っているうちは、数字が発する声なき声を聴くことはできないでしょう。図形についてもそうです。そして、ワタクシたちは今、太陽の中心でまわっていたという図形の宇宙的な解釈をひも解いているのです。この五つの立体を通過した後には、あなたの図形解読スキルは、目覚ましい進化を遂げていることでしょう」

宇宙図書館のある領域には、数字と図形だけで書かれた本が存在していて、なにが書かれているのかよくわからなかったが、芸術と数学が融合されたような美しさがあった。本来の芸術とは主観的なものではなく、客観的な比率や数値が根底に流れているのだろう。

図形のなかに入って、どんな感じがするか、どんな言葉を発しているかということは、地球上のどんな幾何学の本にも載っていないだろう。しかし、近未来において、ハートのコミュニケーションが惑星地球でも行われるようになれば、異なる言語も、異種間の交流も可能になるような予感がした。

たとえば、赤ちゃんや、まだ言葉をしゃべれないような小さな子どもとコミュニケーションを取る際にも、病気で話すこともままならない状態の時に使える言語として、石や植物や人間以外の動物の気持ちを察知したり、過去や未来の人と交流をはかったり、目の前にいない遠く離れた人と、地球以外の他の星の存在と話したり、もしそんな機会があるとしたら、その際、数字や図形などのツールは役に立つに違いないとマヤは確信した。

「さあ、次のエクササイズをしましょう。地球という惑星に立っているとイメージしてみましょう」と、凛とした声でアヌビスは言った。

「ハートの中心から、感謝の波動を発してごらんなさい」

マヤは目を瞑り「ありがとう」の言葉を発してみた。

「あなたのハートの中心から発せられた感謝の波動は、地球の表面をグルリと一周して、あなたの後ろに戻り、あなたの背中を通過して再び元の位置へと返ってきますよ。感覚を研ぎ澄まして、地球を一周まわって戻ってきた、あなたの感謝の波動を感じてみましょう」

目を瞑って、耳を澄ましていると、たしかになにかが背中を叩いたのがわかった。胸のあたりでグルグルとなにかがまわっているような感じがした。その瞬間にアヌビスはこう言った。

「あなたが身体の前方に向かって発した感謝の波動が、あなたの背中を貫通《かんつう》して、再び戻ってきます。あなたが発した感謝の波動が、地球の表面に沿って、さらに一周するのを感じてみてください……」


「この流れは絶えることがありません。ハートから発するというと、つい前方に意識が向きますが、ハートのエレメントを活性化させるには、前面だけではなく、背後にも意識を向けることが重要なのですよ。

球体の地球の上に立っていることをイメージしながら……

あなたが発した感謝の波動が、地球を一周して……

再び戻ってきて背中を貫通して、永遠の循環を続けていることを感じてみましょう」

自分が発した感謝の波動が、丸い地球を一周して、背中を貫通して再び流れてゆく。この感覚が、嬉しくて嬉しくて仕方がないようで、マヤは両手で空を漕ぎながら何度も何度もその感覚を味わっていた。それはまるで、平泳ぎで宙を泳いでいるように、陽気な姿に見えていた。

「ハートから言葉を発するとは、前方に光を発しようとしてしまうかもしれませんが、ハートから発する光は前方だけではなく、四方八方に拡がってゆきます。ご自分が発した感謝の言葉が、背中を貫通するのを一度でも体験すれば、その感覚がよくわかりますね」

たしかにアヌビスの言う通りなのだ。ハートから発する言葉とは、前方に進むだけではなく、光源から放たれる光のように四方八方に拡がってゆくことが手に取るようにわかる。頭から発する言葉のように、ターゲットを定めコントロールしようとしているわけではないということが、光の軌道としてとらえるとよくわかってきた。

「この正八面体は、ゼロポイントの図形と同じシステムを持っています。ハートのエリアは、電流にたとえると、直流ではなく、交流なのです。あなたがたの言語にはありませんが、たとえてみれば、直流の磁気、交流の磁気とでも言ってみましょうか……。

自在にスイッチを切り替えるように、十字に交叉したエネルギーなのです。風のエレメントは、風が交叉する、風の十字路でもあるということを覚えておいてください」

風は目には見えないけれど、木々を揺らし、生命を育み、心のひだを揺らすように風が吹き抜けてゆく。目には見えないけれど、たしかにあるもの。

この宇宙空間には、目には見えない風が息づいている予感につつまれてゆく。


ふと、どこからともなく、かすかに花の香りが漂ってきて、鼻の奥をくすぐっている。この種の高周波の香りがする時は、決まって多次元的な存在がやってくるサインなのだが……マヤは静かに目を瞑り、だれがやってくるのか、ほのかな香りをたどってゆくと……バラのような香りがした。目を開けると、アヌビスがシッポをクルクルとまわしながら、一輪の花を物質化していた。ベルベットのような花びらは、渦巻く銀河のように美しい旋回を描いている。

「うわー、きれい……」

マヤは思わず花に顔を近づけ、その香りに身をゆだねていた。吸う息と共にその香りは細かい球体の粒子になって、鼻腔《びこう》から頭の奥深くにまで行き渡るように、吐く息と共に頭の天頂から抜けてゆく。何度か呼吸を繰り返していると、その馥郁《ふくいく》たる香りはハートの中心にまでゆっくりと浸透してゆく。

薄いヴェールをはがすように、静かにアヌビスは語りはじめた。

「だれかに花を贈る際に、送られるのは花だけでしょうか？」

「そうだね……贈られたのは香りとか、色とか、花びらが描く螺旋とか、実はその背後にあるものかな？」

「そうですね。だれかに花を贈る際に、本当に贈りたかったのは花ではなく、花に込められたあなたの想い、花に託されたあなたの願い、花を介して運ばれるあなたの祈りにも似た感情なのかもしれません。

たとえば、あなたがだれかに花を贈ろうとする時、花を受け取った人が喜ぶ顔を想像しませんか？

その際に起きていることはこうです。あなたはだれかに花を贈ると同時に、その花をもらった人の喜びを受け取っているのですよ。さあ、ご一緒にこのバラの花を使って、双方向のベクトルを体験してみましょう。ワタクシ、アヌビスが、あなたにバラを贈りますので、ハートの領域でこのバラを受け取ってください」

アヌビスは背中の羽根のようなものを羽ばたかせ、ちょうど胸の位置に深紅《しんく》のバラを浮かべている。深紅のバラは優雅に花びらを広げながら、マヤの方に近づいてくる。マヤは両手を広げて、アヌビスから贈られてきたバラを受け止めようとする。そのベルベットのような肌触りを感じていると、バラの香りが次元を超えてハートの領域に浸透してゆくようだった。マヤはなんとも言えない気持ちで、自分のハートの領域にある深紅のバラを見つめていた。

「さあ、今度はあなたの番ですよ」

アヌビスは、どこまでも優しい声を発していた。

マヤはハートの領域にある深紅のバラを見つめ、アヌビスに向かってその花を手向けてみた。するど、不思議なことに、自分のハートの領域からアヌビスのところへとバラが飛んでいったにもかかわらず、アヌビスがバラを受け取ったその瞬間にキラキラとした光が生まれ、マヤのハートの領域に一輪の青いバラの花が咲いたのだった。

「えっ、なんで?」

何度も同じことを繰り返してみたが、何度繰り返してみても、自分のハートの領域には、幾重にも青いバラが咲きはじめた。

「わかりましたね。これが、目には見えない世界で繰り広げられている、贈答のシステムです。もう少しわかりやすくご説明しますと、あなたがワタクシにバラを贈ってくださった際に、ワタクシの喜びが目には見えない粒子になって、あなたのところへと送り返され、あなたのハートの領域には一輪の光の花が咲くのですよ。ハートとハートのコミュニケーション、双方向のベクトルとはこういう仕組みです。

通常の意識状態では、あなたがたはこの次元に咲く花を目撃することはできないでしょう。せいぜい、高貴な香りや高波動の音として、かすかに感知するくらいかもしれません。しかし、いったん、高次元領域に入ることができれば、人々の胸に幾輪ものバラの花が咲いているのが見えることでしょう。どれだけのバラの花を咲かせることができるかは、どれだけ他者を喜ばせることができたか、によるのですよ。

よく見てごらんなさい。あなたのハートの中心には、あなたのお庭、あなたの心の聖地、いわば心のサンクチュアリがあります。その庭園にはさまざまな悦びを発しながら、光の花が咲いていることでしょう。心のサンクチュアリには、あなたが許可した相手しか、決して入ることはできないのですよ。それが、ハートの仕組みなのです」

マヤは目を瞑り、しばらくの間、心のサンクチュアリを感じてみた。そこには、アヌビスの言う通り、光の花が咲いていた。自分が許可した相手しか入って来られないという聖域に、なぜかわからないけれど、純白のペガサスの姿が見えていた……なぜこんなところにペガサスがいるのだろうかと不思議に思っていた。

「……すごいねえ、アヌビス。でも、これは本物のバラなの？」

この手でバラをつかもうとしても、それはまるでホログラム映像のように、この世の物質として触れることができない。ハートの領域に咲く花は、一見バラのようにも見えたが、なにか美しい比率で描かれた、きらめく星の軌跡にも見えてきた。

「ではもう一歩上の次元から、ハートの領域をスキャニングしてみましょう。ハートの領域で輝くものを多次元的に解釈しますと、これは光の粒子です。バラの花の形にも見えるかもしれませんが、これは、宇宙創造の設計図のようなものです。鉱物も、植物も、動物も、ヒューマノイド型の人間も、そして人の意識も、惑星地球の意識も、その設計図に則っているのですよ。どんな微細で小さな存在にも、同じ設計図が描かれていて、その設計図に則って創造の螺旋をさかのぼれば、必ず創造の第一原因へ、創造の原理へと到達できるのです」

アヌビスは光の粒子を物質化して空中に浮かべてゆくが、それは光のブーケのようになっていて、詳細まで見ることができない。しかし、その光の一途さ、その高貴さにマヤは言葉を失っていた。不思議なことに、その形態は、太陽の中心で回転していた図形に良く似ている。言葉では言いあらわせないような平穏な気持ちになり、もう、どこへも行きたくないような気がした。

「……風のエレメントの領域である、ハートのお話をもう少ししましょう。

心を開くという言葉がありますが、厳密に言えば心は開くことはできません。

たとえば、耳を『開く』という文字表現は誤りで、耳は『啓《ひら》く』ものなのです。なぜなら、耳は開閉できませんので、そういったものに対しては開くではなく、『啓く』という文字を使います。今まで明らかになっていなかったことを理解した時にも、この文字を使いますね。また、未来を開くというのは、正しくは未来を『拓《ひら》く』のです」

アヌビスは虚空にスクリーンを物質化して、開くにまつわる文字をいくつも描いてゆく。

「それでは、心はどうやってひらくのですか？」

「たとえて言えば、心は温度をあげてゆくことによって、他者との関係を拓きます。目の前にいない相手にも、遠く離れた場所にいても、その微細な振動数が、ハートのネットワークを用いて相手へと伝わるのですよ。粗い振動数の怒りや欲望は、３次元の肉体の下位の部分に作用します。しかし、最も微細な振動数、超越した祈りという形態は、時空を超えてすべての障壁を取り払うことができるのです」

「超越した祈りってなんですか？ わたしは敬虔ではないので、祈りのことはわかりません」

「よろしいですか、祈りのシステムを理解すれば、ご自分のことを祈っても無駄だとわかるでしょう。超越した祈りとは、ご自分のことではない利他的な祈り。純粋な祈りの言葉。それは、生命に対する賛歌なのです」

「うーん。心の温度をあげれば、いろいろな次元へとアクセスできるようになるのですね。でも、温度をあげるということは、火のエレメントなのですか？」

「必ずしもそうとはかぎりませんよ。高周波にするには、回転数をあげてゆくことでもあります」

「どうやったら、回転数はあがるのですか？」

「回転数をあげるには、軽くなることです。余計な荷物はおろして、軽やかに、爽やかに、そして、しなやかになることです」

「軽やか、爽やか、しなやか……」

マヤはアヌビスが言ったことを忘れないように、言葉を三拍子のリズムに乗せて刻み込んでゆく。ハートから発する言葉が、幾何学的に見てどういうものなのか、わかったような気がした。

再び目を瞑り、右脳と左脳を統合して、ハートの中心に咲いたバラの花を愛でながら、正八面体を自分の身体にダウンロードしようとした時、アヌビスが思い出したようにこう言った。

「正八面体を使って、エリア#6からエリア#8へとアクセスする方法を教えて差しあげましょう。三角形を二つ組み合わせた六芒星と呼ばれている形を、平面から立体へと立ちあげると、正八面体になります。この仕組みを使って、エリア#6から#8へと飛べるのですよ」

「えっ、なんですって、アヌビス。エリア#6から#8へ行くのは、そんなに簡単なことだったのですか？ 6と7に橋を架けるのに、こんなハイパーな方法があったのですか……？」

かつてマヤは、エリア#6と7の間に橋を架けるのに、エリア#5から#7へ行ってようやく橋を架けたという経緯があり（注：『6と7の架け橋——22を超えてゆけ・Ⅱ』参照）、エリア#6から#8に橋を架けるのは、平面から立体にするだけで、こんなに簡単なことなのかと驚きを隠せずにいた。しかし、図形を見れば一目瞭然だった。

「ええ、そうです。平面から立体に次元をひとつ上昇させれば、見えてくるものがあるのですよ。

橋も両岸から架けることによって、揺るぎないものになります。後から橋を架けるのは、最初に架けた時よりも容易になるのです」

「そうか、アヌビス！　6と7に橋を架ける際に、『5↓7↓6』と『6↓8↓7』の二通りがあるのですね」

「ええ。その通りです。そして、勇気の紋章3Dの中心にある正八面体についてですが……3Dになることによって見えてくるものがありますね」

よくよく観察してみると勇気の紋章3Dには、火のエレメントである正四面体だけではなく、風のエレメントである正八面体が入っているが、平面でとらえると六芒星に見える。

「おわかりですね。3Dになった勇気の紋章のなかに、ハートのエレメントがありますね。真の勇気とは、勇ましさだけではありません。その中心には正八面体であるハートのエレメントが、内包されていることをよく覚えておいてください」

マヤは正八面体の持つ計り知れない叡智を知り、さまざまな想いを乗せて、正八面体をハートの中心へとダウンロードするのだった。

「正八面体ダウンロード完了です」

ハートの領域で、アヌビスの声が響き渡っていた。

風のエレメントと正八面体

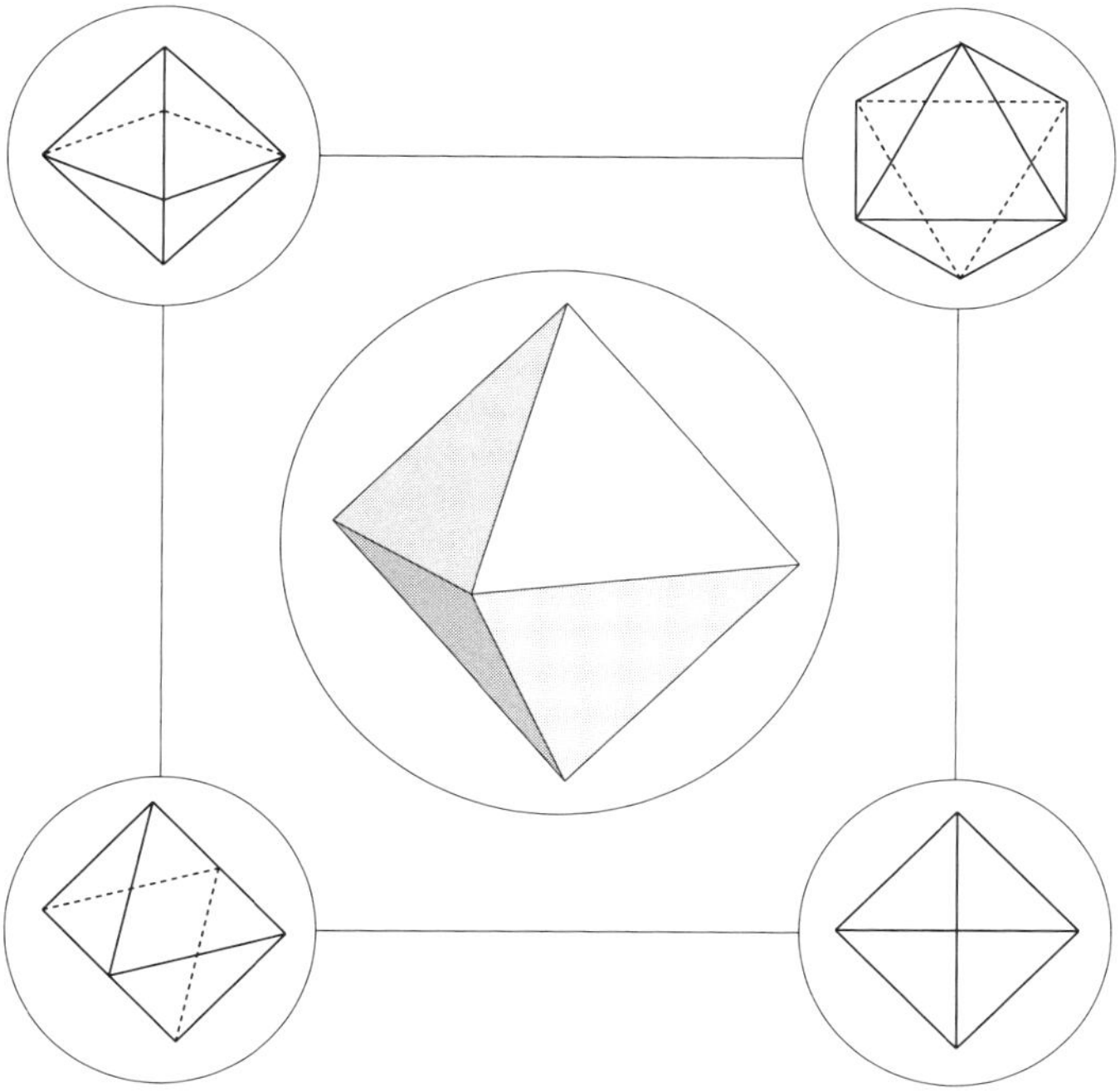

《空のエレメント正十二面体》

五つの立体についてのレクチャーの最後は、はるか上空を悠然と飛ぶ大きな立体だった。この図形は「かくれんぼう」をして遊んでも、絶対に見つかりそうにない。あまりに悠然としているので、目の前に存在していても、めったに見つかることがないだろう。

早速、○と十字からなる座標軸の中心に正十二面体を投入し、「かくれんぼう」というキーワードを入力して、マヤの記憶を上映してみよう。

「かくれんぼう」といえば……

マヤは幼い頃に、近所の友達と「かくれんぼう」をして遊んだことがあったが、絶対に見つかることはないという根拠のない自信があった。実際に、だれも見つけてくれないので、最後には自分から姿を現すのが常だった。なぜなら、自分の姿を消すことが、普通にできたからだ。それはどういうことかというと、広場の真ん中に立っていても、相手のすぐ脇にいても、心を透明にして、相手と目をあわさなければ、絶対に見つからないのだった。

なぜ、そういう現象が起きるのか、単なる思い込みのなせるわざだったのか、その根拠はわからなかったけれど、不思議なことに、相手と目をあわせると、見つかってしまうのだった。

なんとも不可思議な記憶だが、幼い頃に「かくれんぼう」をして遊んだ時の感覚と、この図形はとてもよく似ているとマヤは思った。幼い頃、本人は気づかないうちに、正十二面体にチューニングしていたのかもしれない。

「……無限の宇宙。からっぽの空間。抜けるような青空。なんの曇りもないカラリと晴れた空……。空のエレメントは、他のエレメントが動くための場所、そして、感情が解放される場を作ります。空のエレメントのテーマは、スペースを作ること。時間的、空間的、そして精神的にも余裕を持つことです。

空のエレメントは、コミュニケーションを司っています。声を発すること、表現をすること、情報を発信し、受け止めることがテーマです。エネルギーが流れずブロックができると、喉が詰まり、自己表現をすることが難しくなるでしょう。

空のエレメントのバランスが取れていると、のびのびと、自分らしく、そして穏やかでいられます。他者に対して偏見をいだくこともなく、バランス感覚に富み、コミュニケーションをうまく取ることができます。また、客観的な思考、洞察力や直観が高まります。

一方、バランスが崩れると、束縛されていて自由がないと感じたり、被害者意識が強くなったり、自信を失い劣等感を持ちやすくなります。

空のエレメントを調整するには、リラックスすることです。散歩をしたり、ハミングしたり、鼻歌を歌ったりすることもお勧めです。ゆったりとした空間を思い浮かべ、ゆっくりと流れる時間を創造してみましょう……」

マヤは静かに眼を瞑り、広大な宇宙空間をイメージしてみる。
アヌビスの解説はまだまだ続いているようだが、その声は急速に遠ざかってゆく……。

「五角形の面が十二枚集まってできた形……正十二面体……によって具現化されるものは、空のエレメントです。

……空のエレメントは地球人類でいうところの、喉のエリアにあたります。このエリアの回転数は、時と場所によってかなり違いがありますね。たとえば、沈黙を美徳とする社会や、自分の意見を言えない環境では、喉のエレメントの回転は抑圧されています。

普段、普通にあるものは、当たり前の権利だと思ってしまいがちですが、過去の歴史をひも解けば、多くの人たちが言論の自由を求めて闘っていました。自由を勝ち取るために、どれだけの血と涙が流されたか、あなたにはおわかりですか？

今ある状態は、ほんのつかの間の休息時間のようなものであって、いつまでも続くものではないかもしれません。そして、究極的に言えば、あなたがたがこの惑星にやってきた理由も、幾多の星へ赴いた理由も、自由のためです。意識を拡大させて、誇り高き宇宙の民として、真の自由を獲得するための旅を続けているのですよ。宇宙の法則に則って言葉を整合化させるということは、ある意味で、言語を解き放ち本来の形に戻すことです。

たとえば、地球は丸い、地球は太陽のまわりを回転していると言っただけで、罰せられた時代もあったのですよ」

「ありえない！」

「そうですね。今のあなたの価値観ではありえないと思うかもしれませんが、その時代においては、自由な発言が許されていませんでした」

「ひどいな」

「そうは言っても、あなたが行っている『夢の調査』や宇宙図書館にアクセスしていることも、根拠のないことだと言われ、だれにも相手にされていないのではないですか？」

「たしかにそうですよね」

マヤはニコニコ笑っていた。

「天動説、地動説のさらに先にあるもの……すべてのものが回転しているという意識状態……に到達することです」と、アヌビスは言った。

「ごらんなさい。地上に空のエレメントである正十二面体が存在するのは、まるで奇跡のようです。この立体図形は、長いあいだ秘密裏にされてきましたが、隠されたもの、目には見えないもの、宝物のような図形であることに気づくでしょう」

アヌビスは、小さな正十二面体を物質化して、マヤの手のひらにそっと載せてくれた。正十二面体は、今までのどの図形よりも、優しくて、穏やかで、ホッとする形をしていた。

「あなたがたの文化では、多くの人が喉のエリアに違和感を抱えていますが、それは文化的な背景、歴史的な背景と共に、言語が持っている特徴も挙げられるでしょう。文化的な背景としては、あなたがたは恥や罪の意識というものを持っています。世間様という架空の人物を作りあげ、建前を重要視する傾向にあります。また、血縁関係による村社会においては多くを言わなくても通じあえる、『以心伝心』『察する』ということが行われてきました。多くを語らない奥ゆかしさが美徳とされてきたのでしょう。また、DNA的にも、先祖代々、思っていることを言えないというパターンを持ち越しているように見えます。

その他にもあなたがたの母語が持っている複雑さも、その要因のひとつにあげられるかもしれませんね。文字の多さ、同音異義語の多さもあげられるでしょう。同音異義語とは、それだけ多次元的であり接続コードがたくさんある証拠ですが、その反面わかりにくさ、複雑さにつながり、本心が伝わりにくい、意味がはっきりしない、曖昧さも含まれています。

使用している文字の多さについては、アルファベットは26文字に対して、日本語は、ひらがな、カタカナ、漢字と、たくさんの文字を使用していますね。道端に文字が書かれた紙を落としておくと、それを読もうとする人の数は日本人が一番多いという統計があるようです。それだけ、書き言葉に対する興味が高いと言えるでしょう」

「なるほどね。使っている言葉によって、性質も変わってくるんですね」

「それだけではありませんよ。尊敬語、謙譲語、丁寧語などがあり、本音と建前があり、これらの言語を使い分けることによって、立場によって人と人との間に『壁』を作ってきたということもあげられるでしょう。さらに、結論が最後にくるので、最後まで話を聞かなければわからない奥ゆかしさも含まれていますね」

「随分メンドクサイ言語だね……」

マヤは少し困惑ぎみになる。

「それが、あなたがたの先祖が築いてきた文化というものです。その反面、擬音語《ぎおんご》の響きの美しさや、季節を色で感じたり、虫の音を感じたり、多種多様な動物や植物とのつながりがあると言えるでしょう。虫の音《ね》に関しては、単なるノイズとしてしか認識しない文化もあります。このように、気候風土によって言葉は変わるものなのですよ」

「ここでひとつ、色彩について面白いことを教えて差しあげましょう。ターコイズ・ブルーという色は、喉の違和感をやわらげてくれる色でもあるのですよ」

「ターコイズ……ブルー？」

「ターコイズとは、青と緑の間に位置する色であり、ターコイズ・グリーンと、ターコイズ・ブルーに分けられます。より緑に近い色がターコイズ・グリーンで、ターコイズ・ブルーは青に近い色です。ターコイズ・ブルーは透明感と爽快さを含んでいます。緑と青の間をつなげるというのは、すなわち、ハートの領域と、頭の領域をつなぐ色でもあるのですよ。ハートの領域の緑色と、眉間の領域の藍色を束ねる位置にあるのがターコイズという色彩です。ターコイズ・ブルーとターコイズ・グリーンの音を奏でてみますので、微妙な差異を聞きわけてごらんなさい」

アヌビスは「ゴロゴロ」と、ネコが喉を鳴らすような音を出しながら、二つの色を再生した。アヌビスが発するあのゴロゴロ音にはなにか秘密があるに違いないと、マヤは以前からそう思っていたのだが……。ターコイズ・グリーンとターコイズ・ブルーの色を限界まで近づけると、二つの近い音の間に「ゴロゴロ」と音のない音がする。

ターコイズ・グリーンとターコイズ・ブルーは、仲良く会話をしながら深い領域へと降りてゆくように思えた。ハートの４４０ヘルツ周辺と、喉の間にはなにかあるのだろうか？アヌビスが発する「ゴロゴロ」という音には、なんの根拠もないが、切り離された二つのものをつなぐ役割があるように感じた。どうしたらアヌビスのように喉をゴロゴロ鳴らせるのか疑問に思いながらも、マヤは無意識のうちに喉から気管にかけて指でさすっていた。アヌビスのように、うまく「ゴロゴロ」音は出せなかったけれど、喉と心臓の間をさすっていると、アヌビスが発する音のような心地よい響きが身体のなかで共鳴していた。

「……そして、あなたがたが時間にとらわれているということも、喉を詰まらせるひとつの原因としてあげられるでしょう。たとえば、あなたは、おなかがすいたから食事をするのではなく、時計を見て食事を摂ったりしていませんか？　それはおかしなことだとは思いませんか？」

「なるほど。おなかがすいたから食事をするのではなく、時計を見て食事の時間だから食べているような気がします」

「時計は便利なものですが、あまりにも時計に縛られていると、ご自分の感覚や直観に従うという能力が減退してしまうことでしょう。勤勉で時間厳守である国民性も、喉のエリアを締めつけるひとつの要因になっているのですよ。

喉のエリアを司る正十二面体を活性化させるポイントは、余裕を持つことです。時間的な余裕を持つことも、そのヒントになるでしょう。

あなたが住んでいる地域では、電車や飛行機が時間通りに来るのが当たり前だと思っているかもしれませんが、それは世界共通のルールではありません。想像してみてごらんなさい。たとえば、あなたが砂漠に住んでいるとしましょう。待ち合わせ時間を設定していても、その時もし砂嵐が吹いたらどうしますか？」

「たぶん……砂嵐がやむまで、ラクダは歩かないと思うよ」

マヤは脳裏にスクリーンをビジョン化して、自分が砂漠の民にでもなった気分で、砂嵐のラクダを想像してみたが……ラクダはかなり気難しそうな生き物に見えた。

「そうですね。約束の時間通りに出かけようとしたら、命を落とすこともあるかもしれません。わかりますね。本来、優先されるものは時計ではないのです。

そして、物事を客観的に分析してみれば、制限をつけているのは、自分自身であることに気づくでしょう。たとえば、ゾウは子ゾウの頃に鎖でつながれていると、大人になってから足に輪がはめられているだけで鎖が固定されていなくても、逃げることはないものです。それは単なる足につけられた輪にすぎませんが、子どもの頃からの思い込みによって、自分自身の可能性を閉ざしていることもあるのですよ」

マヤは慌てて自分の足を触って、目には見えない鎖がついていないかチェックしたが……アヌビスの話は続いている。

「本来、喉のエリアは、呼吸をする食べる、そして、話すという三つの要素を兼用しています。ものを食べながら歌ったりしゃべったりするのは難しく、同時に行うのは困難です。ある意味で喉を必要以上に酷使し、負担をかけていると言えるでしょう。

いずれ、ハートのコミュニケーション、いわばテレパシーでの会話が成立するようになるでしょうから、この状態はそれまでの過渡期といえるかもしれません。音声を発する、声を発するという行為は、もっと慎重に、責任を持って行わなければならないのですよ。声や言葉とは創造行為でもあるのですから。宇宙的に見れば、喉は創造を生み出す生殖器の一部と言えるでしょう」

マヤは口から発した言葉が図形となって見えていたことを思い出した。言葉によって図形が決まっているのだろうか？

「ありがとう」の「あ」の音は、この正十二面体と同じ形をしていたことをマヤは見逃してはいなかった。目を瞑ってほの暗い記憶をたどり、正十二面体から順番に脳裏に図形を再生させると、「ありがとう」という音声はたしか……、正十二面体―正八面体―正十二面体―正六面体―正四面体の順番に並んでいたはずだ。エレメントに変換すると、空―風―空―地―火のエレメントの順番になる。一つひとつの音を慎重に発してゆくと、自分のなかにダウンロードした図形と共鳴しているようだった。

「ところで、あなたは、宇宙図書館における署名システムをご存知ですよね？」

「署名システムですか？」

マヤは虚空を見つめながら、なにかを思い出そうとしている。

「集合意識にパターンを刻む際には、個人の本当の名前が必須ということですよ。あなたがたの社会においても、署名のない文章は無効ですね。

自分の名前も名乗らずに、なにか意見しても無駄なのです。それらの言葉は光を放たず、この宇宙図書館の領域においては、完全に無視されるでしょう。署名のない言葉は、遠くまで届きません。時と場所を超えて、人々の心に届くことはありません。なぜなら言葉とは光だからです。言葉に生命を吹き込むことができるのは息であり、その息とは、あなたがたの「名前」のことなのですよ」

マヤは自分の名前を何度か繰り返して、どんな図形になるかたしかめようとしている。

「たとえば、子どもが誕生すると、名前をつけますね。言葉に生命を吹き込むためのサイン……署名……が、一人ひとりに与えられるのです。宇宙図書館の領域において、署名のない書き込みは無効なのです。名前とは鍵の役目を果たし、それぞれの名前の音を、図形というパターンに分類することができるのです。

あなたのお名前の最初の音、『マ』を図形にすると、その音は正十二面体であることがわかるでしょう……」

アヌビスが発する言葉は、次から次へと透明な立体になってゆく。マヤは両手を広げて、アヌビスの口から発せられた図形を追いかけてゆく。マヤは自分の名前の図形を大切そうに手のひらでつつみ込んでいたが、だんだんと色が薄くなり、しまいには見えなくなってしまった。

「もう一度見せて」「もう一度見せて」とマヤは何度も何度も名前を図形化してもらい大喜び

していた。「アヌビスの名前も図形にして」と、せがむマヤに向かって、アヌビスは自分の名前を発するのだった。

「わあ、すごいなあ……アヌビスの「ア」も、マヤの「マ」とおんなじ形だ！」

「その通りですよ。「ア」も「マ」も、「A」の音は正十二面体すなわち、空のエレメントなのです。そして、『I』の音は正八面体、風のエレメントです」

「やっぱり、正八面体は『I』なんだね」マヤは嬉しそうに笑っていた。

アヌビスは「あ」から「ん」まですべての音を図形に変換してゆく。そこには明らかに法則性があったが、マヤはこの遊びに夢中になってしまい、シャボン玉を飛ばすように、いろいろな言葉を発してもらっては、図形を追いかけて手に取ってその形をたしかめていた。ここで子どもっぽさが出てしまうと、マヤは9歳の言語能力に引き戻されてしまうのだが……。


しばらくマヤは、図形と戯れていたが、すべての音をマスターしてしまうと、最後には知性と感性を統合させ、この体験を透明なカプセルに入れてハートの中心にダウンロードする。正十二面体は小さくなって、マヤの身体のなかへと消えてゆく。

「正十二面体、ダウンロード完了です」

空のエレメントと正十二面体

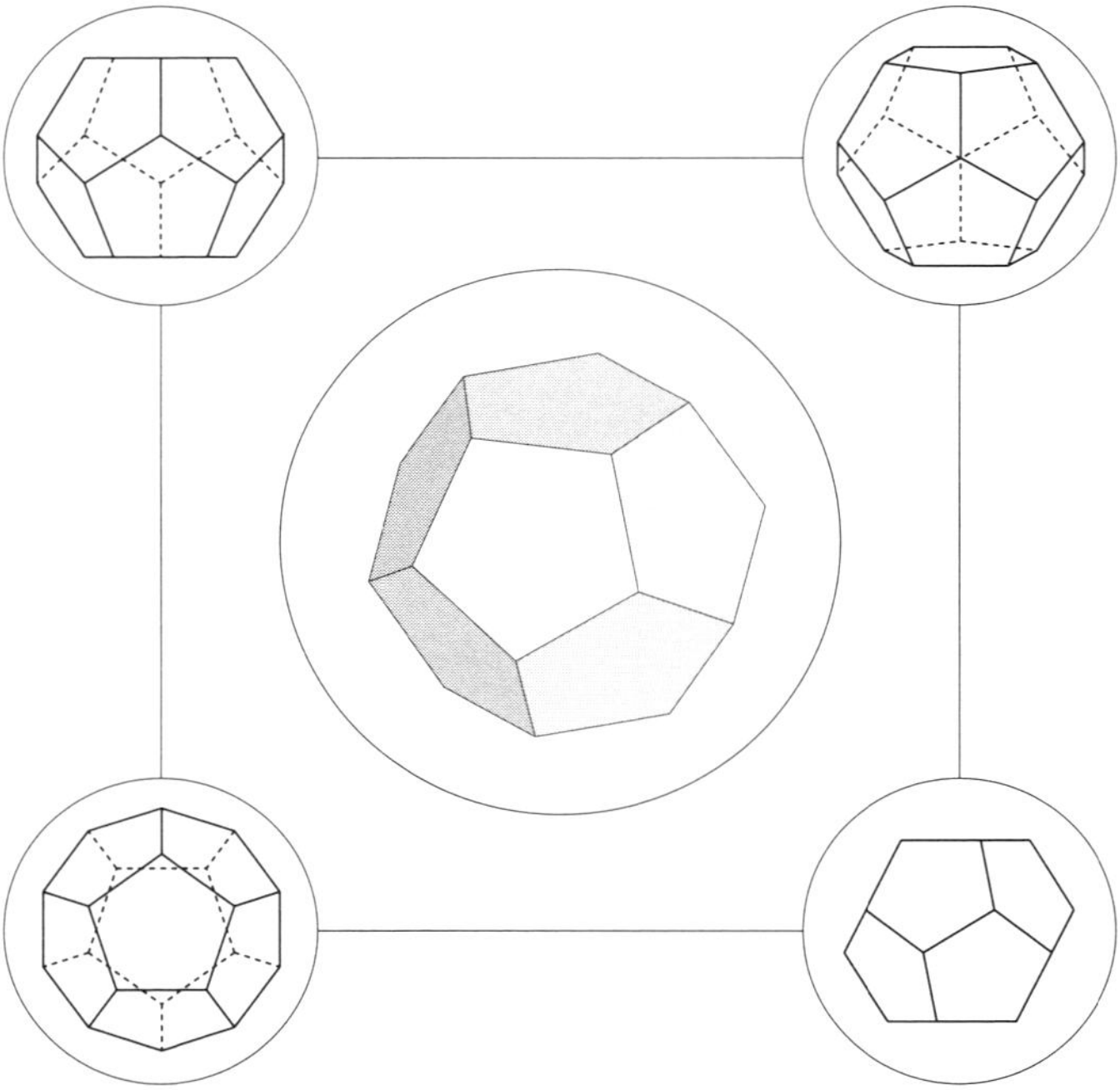

《光のエレメントとゼロポイント》

「言葉と五つの立体との関係は、わかりましたね。この法則をマスターすれば、ゆがんだ図形を元の形に戻すことができるでしょう。

基本となる五つの立体の説明は以上で終わりですが、これらのエレメントをバラバラのピースとしてではなく、有機的なつながりを維持しながら、ひとつの地図が描けるように意図してみましょう」アヌビスはなにやら難しいことを言いながら、五つの立体をシステマティック並べ、黄金に輝く光の糸のようなものでつないでゆく。

「ヒューマノイド型人類を図形的に解釈しますと、星形で表現することができます。星形を描いた際に、中心に出現する五角形に、三角形が五ついているのです。おわかりですか？」

アヌビスが大きな星形を描くと、その真ん中には、頂点が下を向いた五角形が含まれていた。

「あっ、本当だ。星形の中に五角形がありますね」

「そうですね。胴体部分に、頭部、右手、左手、右足、左足の合計五つのパーツがついていると言えるでしょう。

先ほどお話ししました五つのエレメントは、真ん中に描かれた五角形の領域内にあります。ようするに、基本となる五つの立体は、あなたがたの胴体の領域にあるということです。人体の中心軸にそって、正六面体は尾骨のエリア、正二十面体はお臍のエリア、正四面体はみぞおちのエリア、正八面体は心臓のエリア、そして正十二面体は喉のエリアです」

アヌビスが黄金の羽根のようなものを動かしながら、マヤの身体はだんだんと透明になり、中心軸にはネオン管のような発光体が見えてきた。透き通った自分の身体に驚きながら、おそるおそる視点を降ろすと、下から順番に光の立体が回転しているのが見えてきた。地のエレメント、水のエレメント、火のエレメント、風のエレメントまでは肉眼で見ることができたが、空のエレメントは喉の位置にあるので、首を伸ばしてグッと顎を引いてみても、その形の全貌《ぜんぼう》を直接見ることはできない。アヌビスの澄んだ瞳に映る姿を確認しようとしたが、よくわからなかった。さすがに空のエレメントは、目には届かないのだろうとマヤは思った。

「ごらんなさい。五つの立体はすべてダウンロード完了です。そして、喉の位置にある、空のエレメントは、胴体と頭部をつなぐ役割があります。六番目の光のエレメントは、眉間の奥、すなわち頭の真ん中あたりに位置します。

さらに、多次元的な解釈へと話を進めましょう。

結論から先に申しますと、ヒューマノイド型地球人類の胴体は地球由来の炭素ベースですが、頭部のある一部分に関しては宇宙由来なのです」

アヌビスはそう言うと、マヤの眉間に向かって眩い光を照射する。

「……えっ？　宇宙由来ということは……地球人類はハイブリッドなの？」

「ええ。客観的にみれば、そういうことですよ。ご存知ないのですか？」

「そんなの知りませんよ。でも、もしかしたら、胴体は炭素ベースだけど、頭はケイ素ベースでできているとでもいうのですか？　なんだか、シリコンが搭載されているＰＣみたいだね……」

マヤは宇宙図書館の「数字の森」にある元素の周期表に似たパネルを脳裏にビジョン化していた。ヒューマノイド型人類の身体を理解するには、ひとつ上位次元の炭素、もしくはケイ素を理解する必要があるのかもしれない……。

「……でもアヌビス、地球人類がハイブリッドだという証拠はどこにあるの？

地球人類のうち、だれもそんな言葉は受けいれないと思いますよ。絶対に。それに、胴体は地球由来のもので頭は宇宙由来のものという根拠はどこにあるのですか？」

と、マヤは真剣な表情で尋ねていた。

もし、アヌビスが言っていることが正しいとしたら、これらを図解してみると、地球人類は、地球に足をつけながら、頭は宇宙空間に突っ込んでいるようなものなのだろうか？

「それでは、その根拠となる事例をお話ししましょう。

たとえば、惑星地球上の生命体のうち、宇宙のことを考えるのは人類だけでしょう。通常、他の動物や植物たちは、宇宙の創造の原理を知りたいとか、宇宙のことを考えたりはしないはずです。もちろん、多少の例外はあるでしょうが。ほとんどの場合はそうです。地球人類が、宇宙のことを考えることができるということは、すなわち、なんらかの形で宇宙との接触があった証拠なのですよ」

「それが証拠なのですか？」

「ええ、そうです。これが揺るぎのない証拠です。

今、ワタクシがお話ししたことは、とても単純な理論に聞こえるかもしれませんが、この言葉の深淵《しんえん》まで降りてみてください」

マヤはしばらく、アヌビスの言葉の意味を心の深いところで考えてみる。

「……とかく、あなたがた地球人類は、複雑な理論ほど上等なもので、単純な言葉にはその価値を見出すことができません。単純ゆえに真実を見逃してしまうことが、多々あるのですよ。

宇宙はシンプルにできています」

「宇宙はシンプルにできている……？」

「そうです。宇宙のことを考えることができる人類の脳には、宇宙が織り込まれているのです。ミクロコスモスである人類と、マクロコスモスである宇宙。

脳は宇宙、宇宙は脳なのですから……」

「宇宙は脳、脳は宇宙」というアヌビスの宇宙論は、理解の範疇《はんちゅう》をはるかに超えていた。アヌビスの言葉は微細な粒子のようで、小さな網目を使わなければ、その本質をとらえることはできないのだろう。自分が使う網目は大きすぎて、その透き間からアヌビスの言葉が通り抜けてしまうようにマヤは感じていた。

「……ともあれ結論から先に申しますと、この五つの立体を光の糸で真っすぐにつないでゆくと、足元より下は地球の中心とつながり、頭より上は宇宙の中心にまでつながっているのです」

と、アヌビスは言った。

その言葉だけが妙にリアルに、心の中心にまで届いた。もしかしたら、「結論から先に申しますと」というフレーズが、なにかのスイッチを入れるような予感がした。それはまるで、冬の夜空に輝く青い星から、真っすぐに光が放たれているような、中心軸がぶれない絶対的な感覚があった。

「さあ、光の糸で一本につなぐことができましたから、次へゆきましょう」

アヌビスは颯爽《さっそう》と身をひるがえして、音もなく歩きだしている。

「……地、水、火、風、空の旅を経て、いよいよ光の旅へと向かいます。光とは、地、水、火、風、空のエッセンスが統合されたものであり、また、光から、空、風、火、水、地のエレメントが生まれました。光のエレメントをあらわす立体は……球体です」

アヌビスは、シッポをクルクル回転させながら、透明な球体を物質化させてゆく。

「さあ、タイムマシーンに乗って、時間軸をさかのぼり、この宇宙がはじまった瞬間までさかのぼってみましょう……」

アヌビスは透明な球体のなかへと音も立てずに吸い込まれてゆく。ふと気がつくと、マヤもアヌビスと一緒に透明な球体のなかにいる。


「……今から約137億年前、たった一粒の光から、この宇宙は生まれました。

その光は、自らのことを知りたくて、もう一人の自分……別の自分……を創りました。

その時から、冒険の旅は、はじまったのです」


球体のなかは360度すべてがスクリーンになっているようで、どこの方向を見たらいいのか視点が定まらず、すべての方向を同時に見ようとすると、画像がゆがみクラクラしてしまうのだ。仕方がないので、その場に横たわって星空を見ているような感じで、めくるめく映像を眺めてみることにした。光がまぶしすぎて、細部まで正確にとらえることは不可能だったが、全体の流れがわかればそれでよしとしよう。

鈴を転がすようなアヌビスの声が、球面に反射して、心地よい音色を奏でていた。その音に、ネコがゴロゴロと喉を鳴らしているような音が混じってきた。ここで意識を保てなくなると、寝ぼけ眼《まなこ》で3次元の現実に強制送還されるのだが……ここで引き返すわけにいかないと、命綱をつかむような気持ちで、アヌビスのシッポにつかまっていた。

「……光はいろいろなものに姿を変えて、旅を続けてゆきます。ある時は双子の銀河に、ある時は双子の太陽に、そしてある時は人間の姿になって……。

地、水、火、風、空、そして光は別々に存在しているわけではありません。これらの要素がひとつになって、人間や地球や宇宙、森羅万象《しんらばんしょう》を構成しているのです。

惑星地球はひとつの生命体です。地球にとっての危機は、CO_2が増えることやオゾン層が破壊されて紫外線が降りそそぐことではありません。これらのことによって、人類が地球という惑星に住みにくくなるだけに過ぎず、惑星の長い歴史のなかでは特に変わったことではありません。惑星には自浄作用があります。あなたがたは『地球が危ない』と言いますが、惑星地球から見れば、ただ単に人間という種が住みにくい環境になるだけの話なのです。それに、地球人類は何度も滅亡を繰り返していますし、なにも、今回が初めてではありませんね。しかし、ヒューマノイド型の人類以外の種も絶滅に追い込んでしまうことは、人間のエゴに他なりません」

球体のなかで繰り広げられる映像を見るかぎり、アヌビスの言う通りなのだろう……ヒューマノイド型ではないアヌビスにそう指摘されると、ますます心が痛かった。

「人類が、藍色の惑星地球にやって来た本当の理由をお忘れですか？」

アヌビスは真っすぐマヤの瞳を見ていた。

……藍色の惑星……？

その言葉を頭のなかで正確に再生すると、時空をさかのぼり、マヤの意識は宇宙空間に漂い、ラピスラズリのように青く輝く惑星を見つめていた。音もない空間で、青く輝く惑星が潤いをたたえながら回転している姿を淡々と眺めている。なんのために惑星地球に降り立ったのか……もう少しですべてを忘れてしまうところだった。


「……そうです」

アヌビスの涼やかな声で、再び意識がここに戻ってきた。

「人類は惑星地球の庭師として、やって来たのですよ。その庭師が庭を育むことを放棄し、自らの手で庭を破壊しているとしたらどうでしょう？」

「庭師廃業……かな？」

マヤはおそるおそる答えていた。

「ええ、地球人類にとって最も大切なことは、惑星の意識とどれだけ同調できるかなのです。宇宙的に見ると、惑星地球にとっての最大の危機は、意識の荒廃なのです。意識レベルを保てなくなると、地、水、火、風、空などの各エレメントを維持できなくなります。惑星地球の最大の危機とは、図形がゆがみ、地球圏外の宇宙空間へこれらのエレメントが放出されてしまうことなのですよ。

宇宙というものを3次元の価値観ではかると、そこは人も住めないような無機質なものに映るかもしれません。しかし、宇宙には、地、水、火、風、空、そして光に満ち満ちているのです。ただ、3次元とは密度が違うので、その存在すら確認することができないでしょう」

「エレメントをゆがめることなく、維持してゆくには、一人ひとりの意識が大切ということですか？」

「ええ、その通りですよ。エレメントを正常な状態に保つには、これらの五つの立体を正しい状態に保つことです。悲しみや苦しみ、そして、恐れや欲望によって、これらの立体は簡単にゆがんでしまいます。あなたがたが発する言葉の響きがエレメントを象徴する図形なのですから。ゆがみなく、ハートの中心から発する言葉を使うように心がけることです。心にもないことを言わないことです。心と言葉と行動を一致させることです。ゆがんだ言葉は、ゆがんだ図形を放出し、現在の惑星地球は、不調和な図形で溢れています。

先ほど、あなたもごらんになりましたでしょう？

言葉の一音一音は、五つの立体を形成していましたね。その秘訣は、喉からではなく、ハートから言葉を発することですよ。元の正しい形に戻すには、太陽の中心に意識をあわせ、正しい音を聞くことです。宇宙の中心に意識をあわせ、本来のご自分の姿を思い出すことです。あなたがた一人ひとりのなかに、宇宙創世の物語が織り込まれているのですから……」

「そして、内なる宇宙とつながることによって、外の宇宙とつながることができます。ミクロコスモスとマクロコスモス……個であり全体、全体であり個であること……球の中心点であり、球の表面である二つの視点を獲得することが重要です。

あなたの頭の領域にある球体を頭の中心からハートの領域へと真っすぐに降ろしてゆきましょう。この球体を知性と感性の両方で使えるようになることが重要なのです」

マヤはいろいろな言葉を発し、その図形がゆがんでいないかどうか、一つひとつ手に取っては、眺めてみた。図形的にみて正しい言葉とは、どういうものなのか、アヌビスの力を借りて、なんとなく理解できるようになってきた。心にもないことを言う、口先だけで話す、自分の魂の望まないことをすると、言葉の図形は奇妙にゆがみ、その形をとどめることができない。感謝の言葉、祝福の言葉は、静謐な祈りの声だろうか……?

時空を超えて響き続ける言葉は、幾何学的に見ても五つの立体と同じくバランスの取れた正確な形状をしている。時を超え、場所を超えて心に響く言葉は、心から発せられ、そして、その言葉を心で聴いているのだろう。口から発せられた音を、身体の耳で聞いているわけではないのだ。

その秘訣は、喉から声を発すのではなく、ハートの中心から言葉を発することにあるという。それにしても、図形とエレメントの関係は美しい芸術作品のように見えた。身体を構成する約60兆個の細胞のように、60億人の人類は、この地球を構成する細胞一つひとつと同じ役割があって、自分の身体にある60兆個の細胞一つひとつに、宇宙があるような気がした。一つひとつの細胞には、宇宙創成の物語が織り込まれている。宇宙創成の物語がどんな書物なのか、細胞の声に耳を傾けて、マヤはその本を読んでみたいと思った。それこそが、『すべてを満たす一つの物語』なのではないか……と。

「これらの五つの立体をよく憶えておいてください。図形に対する左脳的な理解と、右脳的な美的感覚、そして、ご自分の体験として腑に落とし納得することによって、これらの図形はゆるぎないものになります。

たとえ、なんらかの要因によって図形がゆがんでしまったとしても、自力で元の形に戻すことができるようになるでしょう。わざわざ、だれかにゆがみを直してもらう必要はありません。すべての図形は、ご自分の言葉、ご自分の声で調律することができるのですから……。近未来において、あなたがたは、不調和を自らの音声でチューニングできるようになるでしょう」

アヌビスが言うには、近未来において、このシステムを使えるようになるには、ある条件を満たしていなければいけないのだという。それには、左右のバランスを取ってゼロポイントを

ゼロポイント

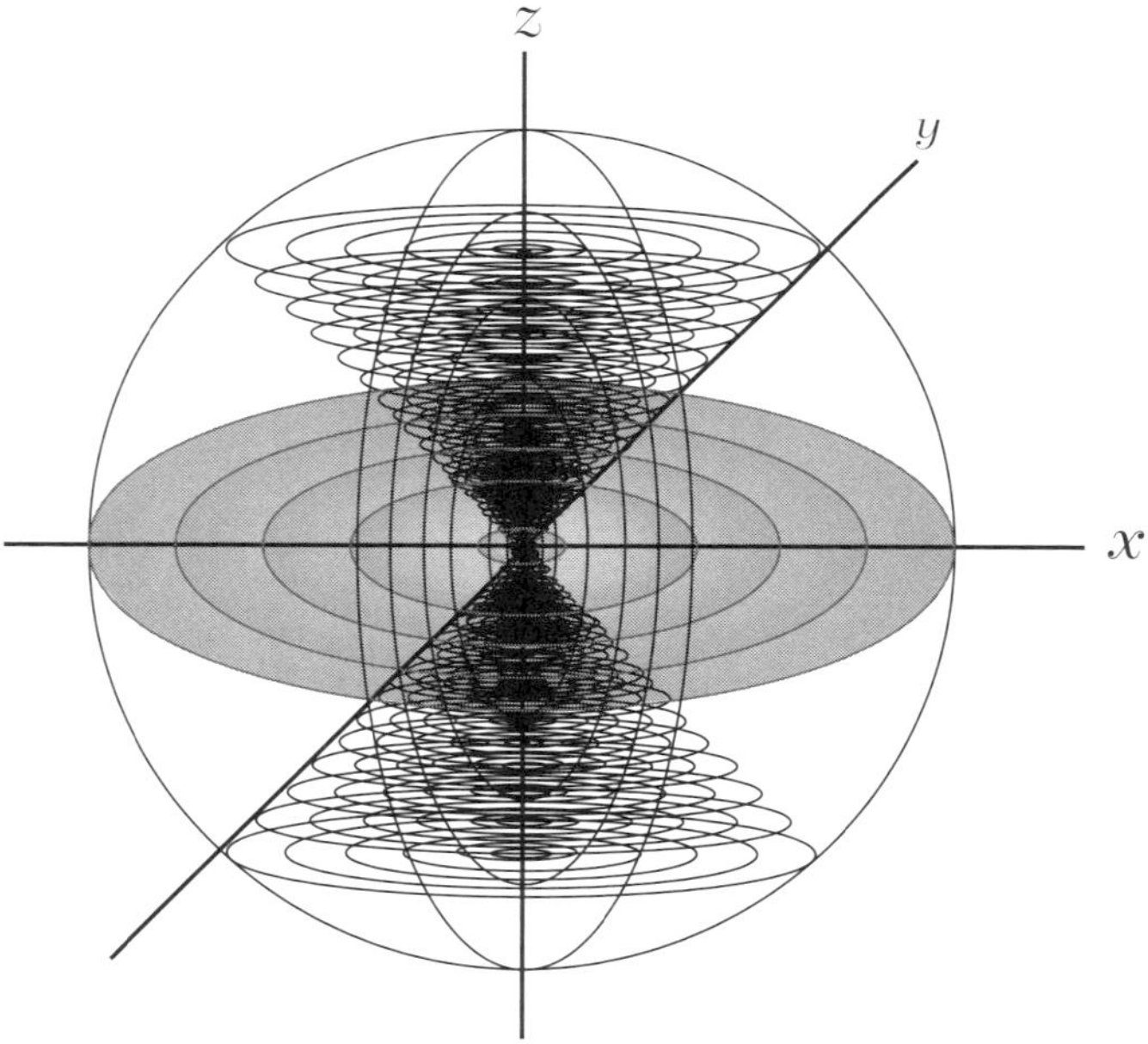

保つことであり、知性と感性が同じ分量だけなければゼロポイントを保つことは難しいらしい。

そして、図形のシステムとしては、五つの立体があげられるが、人体のエリアにある図形は五つだけではなく、眉間の奥にある球体のゼロポイントと、頭のてっぺんにある扉を含めて、合計七つあるという。しかし、七つで終わりではなく、足元から真っすぐ下に地球の中心へと伸びていて、さらに頭上33センチ程の場所に、王冠のように輝く第八番目のエレメントがあり、その先は真っすぐに宇宙の中心へと伸びているのだという。


「ごらんなさい、あなたがたの身体の内側と、外側に同じ形状の図形がありますね」

アヌビスがゴロゴロと喉を鳴らすと、上空から黄金のかけらが粉雪のように舞い降りてきて、身体のまわりを取り囲む図形に薄っすらと降り積もってゆく。

図形は正八面体だけではなく、自分の両手を広げたよりも、もうひとまわり大きな立体図形が、幾重にも重なっている。これらの立体はシャボン玉のような膜状のものでもあり、それぞれの面には虹色の光が流動を続けている。どんな素材でできているのかマヤはたしかめてみたくて、手で触ろうと指先を伸ばしてみても、身体を動かすと立体も一緒に動いてしまい、この手に触れることができない。すべての面が、ミラーボールのようにキラキラと輝いていた。マヤは感嘆の声を発しながら、自分の身体のまわりにある立体に見とれていた。

「これらの図形は、地球とつながり、宇宙とつながることを助けてくれるでしょう。惑星地球の中心にも、惑星地球の外側にもこれらの立体があります。

たとえば、ご自分を内側から見る視点、外側から見る視点、双方向の視点を確立すること、主体と客体を反転させることによって、あなたがたは個であり全体、全体であり個という双方向の視点を獲得することができるでしょう。これらの図形にフォーカスすることができれば、瞬時に主体と客体を束ねることができるのです。

なぜ立体が重要なのか、その真相をお話ししますと、立体の内側と外側、そして双方を包括した視点を持つことによって、意識を変換させることができるからなのですよ。

次元の仕組みを理解するには、幾何学的なアプローチは有効な手段です。次元上昇の仕組みを宇宙の真実に則って正確に理解したいのであれば、幾何学的な方法以外、ワタクシは存じあげません」

アヌビスはいつになく、きっぱりとした口調で言い切っていた。

「宇宙図書館のある領域で『幾何学理解せざる者入ルベカラズ』という標識が掲げられているのを見たことがあるでしょう？」

「幾何学理解せざる者……？」

そう言われてみれば、今は使われていない古代言語のような古ぼけた文字で書かれた「幾何学理解せざる者……ベカラズ」という標識を、宇宙図書館のエリア#13で見かけたことがあったような気がした。

「いずれあなたも、その領域にアクセスすることになるでしょう」

アヌビスは預言めいたことを言ったが、なにか抜き差しならないものが待っている予感がして、頼まれてもその領域にはアクセスしたくないなと、マヤは直観的にそう思うのだった。

客観的な事実として、マヤの直観の精度は高い。なぜなら、本人の自覚は全くないようだが、瞬間的に時空を超え、ターゲットとなる時空に直角に接続し、その情報をある角度を用いて結晶化できる。そして結晶化したものを再び3次元で解凍するすべを知っているため、そこにゆがみが生じないのだった。ただし、本人にその自覚は微塵《みじん》もない。

「これで、ワタクシの五つの立体についての説明は終わりますが、なぜこれらの図形がその意味を持つのか理解できましたね？

誤解を恐れずに申しますと、五つの立体はまるで呼吸を続けるように、足元からと頭上から、いわば宇宙と地球のエネルギーを循環させているようにワタクシには見えます。厳密にはこれらの立体に上下はありません。上下があるのは3次元の特徴ですから。無重力空間において、上下左右はありません。どの図形が右回転で、どの図形が左回転などという議論は、5次元の幾何学においては全く意味をなしません」

「この宇宙空間において、あなたがおっしゃる、死という概念は存在しませんが、言語的には『他界』という表現が最も近いでしょう。なぜなら、3次元領域から去った後、あなたがたは他の次元へと赴くからです。3次元領域に残した肉体や記憶の断片は、『地』『水』『火』『風』『空』そして『光』のエレメントに還元され、各エレメントは次の物質を生成するための素材として使われます。

そして、あなたがたが発した意識は宇宙に刻まれ、永遠に消えることはないのです。不調和を奏でる意識は、できるかぎりご自分で回収して帰りましょう」

アヌビスはとてつもなく難解なことを、サラリと言ってのけている。

マヤは目を瞑り眉間の中心に地、水、火、風、空のエレメントを束ねながら、ハートの領域に真っすぐに降ろし、ゼロポイントに意識をチューニングしてゆくと、すべてのバランスがとれ、ゼロポイントの中心点に意識が収束してゆく。

「ゼロポイント、ダウンロード完了です」

アヌビスの涼やかな声を聞いているうちに、自分が設定した限界ラインが薄れ、意識が拡大してゆくようで、なにかとても調和的で美しいものが拡がっているのをマヤは感じていた。きっと5次元の幾何学の世界は、調和に満ちあふれたものなのだろう。

心は広く理解は深く、5次元の幾何学について感覚的にはつかめたような気がした。

アヌビスからもらった黄金のディスク

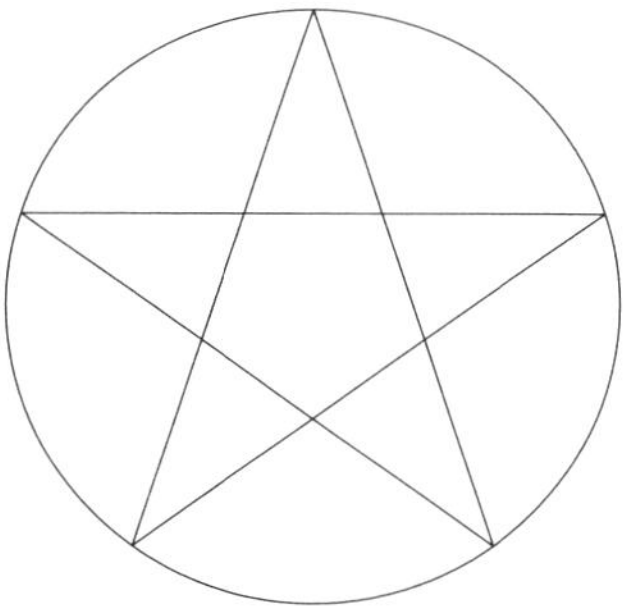

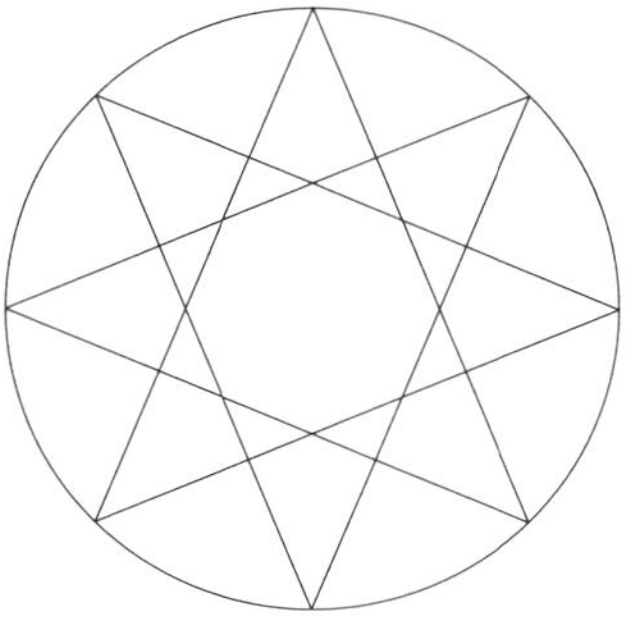

GATE # 144（上）およびGATE # 135（下）直線版

第4章　時空を旅する者の紋章

《虹の円環》

「基本となる五つの立体とゼロポイントを多次元的に感じてみて、なぜ回転が生まれるのか、その第一原因となるものがわかりましたか？」

アヌビスは優しい声を発していたが、その答えはそうやさしいものではないのかもしれない。

「……回転は呼吸ですか？　それとも回転は図形の脈動？　回転は図形の鼓動《こどう》……？」

「それでは、呼吸はなぜ生まれるのでしょう。呼吸の第一原因となるものは、なんだと思われますか？」アヌビスは真っすぐにマヤの瞳を見ていた。

「なぜ、呼吸が生まれるのかな……。

呼吸の第一原因は……泥人形に息を吹き込んだ人なのかなあ」

アヌビスは長い手足を伸ばして、あくびをすると、どこからともなくバニラのような甘い香りが漂ってきた。アヌビスは、再び背筋をピンとさせて話しはじめた。

「あなたが、おっしゃるように、第一原因として泥人形に息を吹き込んだ存在が、最初の息を創り出したと仮定しましょう。しかし、その後の呼吸はなぜ継続されると思われますか？」

「……なぜだろう。息をしないと死んでしまうから？」

「そうですね、それもひとつの答えです。息とは生きることでもありますね。あなたが寝ている時も起きている時も、意識している時も意識していない時でも、呼吸は続いています。呼吸とは意図的にすることも、自動操縦に切り替えることも可能なのです」

「そうだね……なんで呼吸は続くのだろう。なぜ、生命は生き続けようとするのかな。そこには、命題となった数式でもあるのかな。

それが、Z＝1／137なのかな……」

答えを求めて、一生懸命に考えていた。

「宇宙の創造をあらわす数式は、とてもシンプルなものなのですよ。

少し難易度が高い話になりますが、地球人類が意識を持ったのは、息を意図的にコントロールできるようになったからです。息を意識的に使うことによって、その意識状態が変わるのです。一例をあげますと、あなたは宇宙図書館にアクセスする際に、呼吸の数を宇宙の定数に同調させていますね」

……はあ。

マヤは深いため息をついた。たしかに、宇宙図書館に意図的にアクセスする際には呼吸の数に意識を向けてゼロポイントにチューニングするけれど……。思い返せば、宇宙図書館にアクセスしはじめたばかりの頃は、心臓の鼓動をキッカリ「72」数えていた。その真相は「72」という数字が重要だったのだろうか。

意識的に呼吸をすること……それは意識的に宇宙とつながることなのかもしれない。呼吸の第一原因のことを考えあぐねていると、歩こうとして右足と右手を同時に前に出してしまうかのように、呼吸がぎこちなくなってしまう。

「さあ、それでは、5次元の幾何学《きかがく》を知るために、もうひとつ別の次元に飛びましょう」

アヌビスがシッポをクルクルまわすと、天空からはキラキラと輝く八つの透明な球体が降りてきた。この球体は全くゆがみやひずみがなく、宇宙図書館の中央広場の噴水のまわりに置かれている石とよく似ていた。しかし、噴水のまわりの石より、はるかに軽そうだったが……。

そういえば、アヌビスは図形や文字を書く時や、なにかを物質化する時、なぜシッポをクルクルまわすのだろうか？　アヌビスのシッポに尋ねたら、回転の第一原因を教えてくれるのではないかと、マヤは真剣に凝視していた。シッポをまわそうというアヌビスの意図がそこに加わっているから、このシッポはまわるのだろうか？

そんなことを考えていると、アヌビスはシッポ越しに振り返り、不意にこう言うのだった。

「5次元の幾何学を解く鍵として、方角と色の関係についてお話ししましょう。まず、方位磁石は、あなたがたが北と呼んでいる方角を指しますが、なぜ北なのかというと、そのはるか先には、創造のわき出す泉のようなものがあります。宇宙の情報は北からやってくるのは、ご存知ですね？」

「はい、知っていますよ。頭のてっぺんを北の方角に向けて寝ると、夢を鮮明に覚えていられます。北枕《きたまくら》にして寝るとまわりの人にはいやがられますが、頭が冴《さ》えてスッキリするんです」

なぜ、北枕が忌み嫌われるのか、それにはなにか科学的な根拠があるのか、マヤにはさっぱりわからなかった。夢の調査をするにあたっては、頭を北に向けて寝ることはとても大切なことで、もし北枕で寝ることを禁止されたら「夢の調査員」としては全く機能しなくなるだろう。夢のなかで多次元の情報に簡単にアクセスできないようにするために、あえて北枕で寝ることを忌み嫌うことで、真実が隠されてきたのではないかと勘ぐってしまうほど、北に頭を向けることは大切なのだ。

「そうですね。地球という惑星も磁気を帯びた大きな磁石のようなもので、そこに存在するすべてのものは、地球と同じように磁気化されているのですよ。人類も例外ではありません。南北のラインに沿って横たわることによって、磁気の流れに逆らうことなく循環できるのです」

早速、マヤは北に頭を向けて、宇宙図書館の床に横たわってみると、背中からはヒンヤリとした冷たさが伝わってくるのだった。

「結論から先に申しますと、回転を生み出すには、極性を持たせることが重要です。そして、色とは周波数の波です。その波と方位を共鳴させてみましょう。方位というものも、いうなれば周波数の波ですから」

マヤはキョトンとした顔をして起きあがり、理解の範疇を超えた話を聞いていた。

「実際に羅針盤を物質化してみましょう。さあ、正しい方向に正しい色を置いてごらんなさい」

アヌビスは背中の羽根のようなものを羽ばたかせると、キラキラと輝く黄金の粉を振りまきながら、東西南北の方位を示す円形の羅針盤を物質化してゆく。そして、八つの透明な球体の一つひとつに、赤、橙、黄、緑、青、藍、紫、マゼンタの色をつけていった。これらの球体を羅針盤の東西南北を示す位置に置いてゆくようにアヌビスは促している。

「さあ、それぞれの方角に共鳴する色を置いてゆきましょう。簡単ですね」

アヌビスはそう言って羅針盤に刻まれた「N」の文字を宇宙図書館のエリア#12方向へとセットした。

マヤは空中に浮かんでいる八つの球体を手に取り、一つひとつ羅針盤の上に置いて、いろいろな組み合わせを試してみた。すべての色を置いてはみるものの、これといった確信を持てずにいる。パズルを組み立てるように、いろいろなフォーメーションを組んでゆくが……いくら考えてもわからないものは、わからない。

「……アヌビス、なにかヒントはないですか？」

マヤはアヌビスの方を見あげた。

「どの方角に向かいたいか、球体に聞いてごらんなさい」と、アヌビスはいかにも当然のことのように言う。

「球体に聞く……？」

アヌビスの尖った耳の先からシッポの先まで、まじまじと見てしまうが、いつもの通り上品で、ちょっとすました顔をしていたので、球体に聞くということは、アヌビスにとっては当然のことなのだろう……。

マヤは羅針盤の上で球体をコロコロ転がして、指し示す方向を調べようとしていた。半透明な球体はシャボン玉のように輝き、ビリヤードの球のようにも見えてきた。そういえば、ビリヤードの球には、色によって数字が描かれていたはずだが、何色が何番だったか……ビリヤードの球を思い出しながら、その色に相応しい数字を描いてゆく。色を数値化してみたら、答えに近づくことができるかもしれないという一縷《いちる》の望みをいだいて……。

時が経つのも忘れ、シャボン玉のように輝く光の球体と戯《たわむ》れているうちに、これらは生命があるもののように感じはじめていた。たとえば、こう考えてみたらどうだろう。球体が生命を持った存在で、赤い鳥、青い鳥、黄色い鳥だとしたら、その鳥はどこへ飛んでゆきたいのだろう？　たとえば、球体が野に咲く花だとしたら、赤い花、青い花、黄色い花だったら、その花はどこに咲きたいのだろう？

もし、この球体が太陽だとしたら、赤い太陽、青い太陽、黄色い太陽、緑の太陽は、どの方角に輝いているのだろう？

もしも、めぐる季節に当てはめたら、赤、青、黄色、緑はどの季節をあらわすのだろう？

ついに、マヤは確信めいた顔をして、赤、橙、黄、緑、青、藍、紫、マゼンタの順番に「虹色の円環」を描くように、八つの球体をそれぞれの方位に置いてゆく。

アヌビスは細い鼻先を空に向けて「正解です」と言う。

「あなたが解答に至る過程で、図形が介在していたことがわかりますか？」

マヤは身体の動きを止めて、目だけがパチパチとまばたきを繰り返し、自分の頭のなかを整列させようとしていた。

「なにかを生み出す時や創り出す時、そして、答えに至る時、必ず図形が介在するのですよ。図形も数字も、色も方角も、周波数の波です。すべてのものは振動しています。その音を聞き分けることができれば、すべてのものの根底にあるパターンを発見することができるでしょう。それが、宇宙創造の原理へと真っすぐにつながってゆきます」

「ということは、図形も色や方位であらわせるということですか？」と、マヤは半信半疑で尋ねた。

「ええ。そうです。図形はエレメントに還元され、それらは色や方位や季節に変換することができます。

そして、方位と色を使うと回転が生まれます。なぜ、回転が生まれるかというと、それぞれの組み合わせによって、引きあう色、反発する色、逃げ去る色、追いかける色があるからです」

「なるほど、アヌビス……色でたとえるとよくわかりますね。色によっては反発したり、不協和音を発したりする色の組み合わせがあるし。隣同士に置くとフィットする色と不協和音を発する色って、たしかにありますよね……ターコイズ・ブルーとターコイズ・グリーンは親和力があった」

マヤはターコイズ・ブルーとターコイズ・グリーンの色彩を思い浮かべ、はるか遠くの海を見ているような目をしていた。

「その通りですよ。では、ここで少し別の話をしましょう。図形はある意味で触媒《しょくばい》作用があります」

「図形が触媒ということですか？」

「ええ。そうです。霊的な進化を早めるための触媒です。なぜなら、図形はゆがみをチューニングして、宇宙創造のパターンに戻しますから。

宇宙の創造の原理にかなった図形は、正確でシンプルなパターンを刻みます。惑星が描く軌道のように、ハーモニーを刻み続けているのですよ。図形的な視点を持てば、物事の最短距離を見つけることができるでしょう。

ゆがみのない図形が投入されれば、その集団はより迅速に、かつ、ゆがみなく整列します。図形は変容をスムースに進行させるための触媒になります。なぜなら図形は宇宙創造の仕組み、創造のパターン、いわば宇宙の基盤だからです。正確な図形の影響力をあなどってはいけませんよ」


アヌビスは宇宙図書館にある「数字の森」の入口に置かれている元素の周期表のようなパネルを物質化して宙に浮かべると、一定の数字に光を当てて、16のパターンに分け、図形の触媒作用と意識の変容について説明をしている。

果てしなく数字が続く説明だったので、簡単に要約すると、現在の地球人類の多くが採用している10進法と、宇宙創造のスケールである22進法のその中間にあたるのが、16進法なのだという。

……たしかに、1から13の真ん中には7があるように、10と22の中間には16がある。

その真偽のほどはわからないが、16進法と元素の周期表はなにか共通点があるのかもしれない。その意味は理解できなくても、元素の周期表は惑星の配置や調和を奏でる楽譜のように美しい。見ているだけで腰椎、胸椎、頚椎の一つひとつの骨が音階を昇るように調律され、背筋がピンとのびてゆくような気がした。近未来において、自らの音声によって調律してゆくとは、なんの根拠もないが背骨が共振する感覚に近いのかもしれない。

「あともうひとつ、この羅針盤のなかで大切な場所があります。もうひとつの球体を……すなわち、あなたのハートの中心にある球体を……この羅針盤の上に置いてごらんなさい」

「どんな色にしようかな、どこへ置いたらいいのだろう……」

マヤは腕組みをしながら考えていた。

「いいですか、四方八方は決まりましたね。四隅に柱を建てたら次はどうするか考えてみてください。たとえば、ピラミッドを建造する際、四隅と四隅の合計八ヶ所にそれぞれの色を置くとしましょう。そして、いよいよ完成だという時、あなたなら最後になにを置きますか？」

「一番大切なものを置くかな……？」

「そうですね。それでは、一番大切なものとはなんでしょうか？」

「大切なものとは、心臓かな？　目かな？　それとも……脳かな」

「一番大切なものは、どこへ置きますか？」

「中心に」

「その通りです。あなたは夢のなかで、太陽の中心にある点を目撃しましたね。図形的な見地からすると、それはとても意味深いことなのですよ」

「◯に・？……あれは、太陽の目だったのですか？

それとも太陽の心臓？　太陽のお臍《へそ》？」

マヤは今朝見た夢の光景を思い浮かべていた。

「それは目に見えるものではありません。たとえて言えば、意識の収束点のようなものです」

マヤの素朴な疑問を素通りして、アヌビスは話を先へ先へと進めてゆく。きっとこの質問は時間軸と空間軸があっていない、相当カテゴリーエラーだったのだろう……。

「さあ、円の中心にあなたのハートの中心にあるゼロポイントを設置してください。そして、ハートの中心はどんな色かイメージしてみてください」

マヤはハートの中心に意識を向けて、羅針盤の中央に立ち、相応しい色をイメージする。アヌビスが背中の羽根のようなものを揺らすと、羅針盤の上に金粉が舞い降りてきた。すると、ハートの中心から羽音のような黄金の音階が聞こえ、あたりが明るくなってゆく。中央には光が湧き出す泉があらわれ、ゼロポイントの中心から光が湧き出し、四方八方の球体にスイッチを入れたかのように、光の粒子が回転をはじめた。回転は小さな竜巻のようになって、金粉を寄せ集め、さまざまな波形を織りなしてゆく。その波形は、太鼓の上に砂金を置いて、太鼓を打ち鳴らした時にできる図形のようで、その音によってさまざまな形に変化してゆくのだった。

不思議なことに、図形の種類は22個あった。

「なぜ、図形は22種類なのだろう？　どこかで見たことがあるような……」

この形を見ていると、次から次へと疑問が湧きあがってくる。

それに、よく冷静になって思い返してみれば、夢のなかで見た太陽の前で回転していた図形から、雪の結晶のような図形がたくさん舞い降りてきたが、その時に見た図形とどこか似ているような予感にあふれていた。

「ごらんなさい。あなたには中心に形成された回転が見えますか？

羅針盤の図形は、なにも手を加えなければ止まったままですが、色を加え中心を意識することによって回転が生まれます。色でなくても、数字でも音でもいいです。真ん中に置いたあなたの意図というものに注目してください。回転を作っているのは、あなたの意識です」

「意識なの……？　そう言われても……」


その光景をしばらく眺めていたかったが、アヌビスは再びこう言うのだった。

「あなたがたの言語のなかで、もっとも光に満ちている言葉をこの羅針盤の中心に向かって発してください」

「アヌビス、それはさっき使いましたよね……ありがとう、って。またエリア＃５にアクセスするのですか？」

「いいえ、その言葉をアレンジしてください」

「アレンジって、どうするの……？」

……「どうも」をつければいいんだよ。「どうも」を。

どこからともなく懐かしい声が聞こえたような気がした。

「どうも？　ありがとう」

マヤはその声にお礼をいうと、一瞬のうちに世界が変わっていた。


こんな単純な方法で、本当にいいのか？

《N極とS極》

あたりを見渡すと、広場の真ん中には噴水があり、そのまわりに12個の丸い石が環状に並んでいる。宇宙図書館は、エリアごとに噴水の色と音と香りが異なっているので、色、音、香りのうちひとつでも覚えておくと、今どのエリアにいるのかすぐにわかるだろう。その色と形からして、ここはエリア＃８と呼ばれている領域の中央広場のようだった。

アヌビスは羽根を羽ばたかせ、黄金の粉を振りまいている。そして、金粉のなかから黄金のディスクがあらわれ、そのディスクを見ると図形が描かれていた。頂点の数を数えてみると、合計８個。

「アヌビスこの図形はなんですか？」

「もうおわかりですね。これはエリア＃８のアクセスコードです。そして、次元の扉として使えます。アクセスコードとして用いる角度は、１３５度と２２５度です。この二つの角度は扉の裏と表の関係です。行きと帰りでは別の角度を使ってくださいね」

「これが、次元の扉なの……？」

マヤは半信半疑という顔をして、どこかにヒントがないか黄金のディスクを目を皿のようにして見ていた。エリア＃５でもらった、星形のディスクと見比べてみるのだった。

「……さっきは星形の五芒星で、今度は八芒星なのですね……」

「そうですね。ここになにか法則があるか探してごらんなさい」

「法則……？」

「ええ。法則を見つけるということは、そこに連続性を見つけるということであって、一見バラバラに感じることも、見えない糸で結ぶことができます。法則を見つけるということは、光の糸を発見することでもあるのですよ」

「夜空の星を見てごらんなさい。現在の惑星地球の解釈では、星座と呼ばれているものが88ありますね」アヌビスは半球ドーム型のスクリーンを物質化して、キラキラと輝く星屑をあつめて、88個の星座を見せてくれた。


「たとえば、天空には翼のはえた馬『ペガサス』の形をした星座がありますが……星と星の間には、目には届かない光の糸があるのがおわかりですか？」

「でも……翼のはえた馬なんて、3次元の領域内では見たことがありません。ペガサスなんて、お伽噺《ときばなし》に出てくるだけでしょ。それに、星と星の間には光の糸があるなんて、だれも信じませんよ。昔の人が勝手に星と星の間に線を引いて星座にしたと言うから」

「そうでしょうか？　あるはずがないという先入観を取り去って、真夜中、人々が寝静まった頃、耳を澄ましてごらんなさい。星と星が会話をしているように、光の糸で結ばれているのがわかるでしょう」

星座とは古い時代の迷信のようなもので、なんら科学的根拠はないと思っていたが、耳を澄ましてみると、星と星の間には、細い光の糸のようなものが浮かび、会話をしているようにも見えてくる。アヌビスは、五つの立体を光の糸でつないでいたけれど、法則性を見つけるということは、星と星の間にある、目には届かない光の糸を見つけることなのかもしれない。

マヤは唐突に、今朝見た夢の光景を思い出していた。

「そういえばアヌビス、夢のなかでキラキラ輝く図形が、いくつもいくつも降りてきました。そのなかには、エリア#8のアクセスコードと同じ形のものがありました」

「ええ、そうですね」

……135度と225度。あと一歩というところで、なにかが足りない。

「アヌビス、なにかヒントはないですか?」

「ヒントは、簡単な足し算です」

アヌビスは細い首を伸ばして、少し気取った声を出す。

「足し算ということは……

135と225を足すと……360?」

「そうです。360とは、なにをあらわしていると思われますか?」

「360というと……円のことかな？」

「その通りです。時空を旅する者にとっては、突入の角度というものはとても重要です。そして、脱出の際の角度も……。なぜ角度が重要になるかというと、ある一定の角度が安全に次元間をつなぐ扉になるからです。いわば、角度とは、時空を旅する者の極秘のコードなのです。あなたが今朝見た夢は、タイムトラベラーならだれでも欲しがる極秘のコードであったことを自覚してください。あなたがたの時空の旅は片道切符で、もとの場所に正確に戻って来ることはできません。なぜなら、あなたがたは角度についての理解と認識が足りないからです。ワタクシ、アヌビスは、惑星地球から去る際の角度を護る者であり、人々を安全に多次元の旅へとお連れする者です。お忘れですか？」

アヌビスは細い鼻先を宙に掲げて、目に見えない星の航路を指しているかのような仕草をしていた。


「角度が、時空を旅する者の、極秘のコード？」

マヤは大げさな声を出している。

「なにもないと思っていた空間に、ある一定の角度の時だけ見えてくるものがありますね。よく聞いてください。真実が見えてくる角度というものがあるのです」

「真実が見える角度が？」

マヤは驚きのあまり、大きく仰け反っていたが、その角度は定かではない。

「それではモードを変えて、あなたが夢で見たという創造の図形、あなたが言うところの『太陽の図形』の意味を検索しにゆきましょう」

アヌビスは鼻先を斜め上に向けると、足音も立てずに、バレリーナのように軽やかに歩いてゆく。

「ねえ、アヌビス待ってください。もしかしたら『どうもありがとう』は八文字だから、エリア＃8に飛んだのですか？」

「そうですよ。それがなにか問題でも？」

アヌビスは細い首を伸ばして、肩越しに振り返ると、さも当然のような顔をしていた。

「それに、エリア＃5の次はエリア＃8というのは、美しい展開だと思いませんか？
3、5、8という展開は宇宙の普遍的な法則に当てはまっていますから」
「3、5、8は美しいのですか……？」

「ええ。そうです。3、5、8の数字の配列には、美と調和が秘められ、宇宙の進化の道筋が描かれています。美というものが真実へと導いてくれるでしょう。美を軽んじてはいけませんよ。美とは進化の設計図なのですから」

……美とは進化の設計図？

3、5、8の順番が進化の設計図になるほど美しいものとは知らなかった。
かつて、マヤが宇宙図書館にアクセスした際に、この数字の意味を教えてもらったことがある。これは、自分の半分を置いて、次の世代をつくる数列で、連続する二つの数字の合計が、次の数字を導き出す。たとえば、1と2を足して「3」、2と3を足して「5」、3と5を足して「8」というように、永遠にこの足し算を続けることができる。

そういえば、宇宙図書館の入口にあった勇気の紋章は、数字に変わっていたが、たしか……この数列が使われていたような。

112358132134558914423337761098715972584418167651094617711……

それでは、知恵の紋章の数列はどういう意味があるのだろうか？

知恵というからには、知恵を使わなくては解けないのだろうけれど……。

「結論から先に申しますと、5次元の幾何学とは、極性を持たせることです」

「曲線ですか？」

マヤはとぼけた声を出していた。

「図形を理解するうえで『曲線』のお話は必須ですが、それはあとで行いますので。まずは、極性についてです。極性にもいろいろありますが、N極とS極にあらわされる極のことです。先ほど方位と色のお話をしましたが、極性とは方位のことでもあります」

「ああ、曲線ではなく、極性のことなのですね」

マヤは自分の聞き間違いに気づき、恥ずかしそうに笑っていた。


「そうです。それでは、方位以外の極には、どんなものがありますか？」

「極といえば……南極、北極、極楽……？」

「極性には、他にどんなものがありますか？」アヌビスは再び聞き直していた。

「プラス極とマイナス極、裏と表、内と外、上と下、右目と左目、凹レンズと凸レンズ、昼と夜、春と秋、夏と冬、子どもと大人、女性と男性、火と水……」

「そうです。今あげて頂いたものは、すべて極性として使うことができます。５次元の幾何学には欠かせない要素なのです」

「でも、どうやって使うのですか？」

「それでは、あなたの疑問にお答えしましょう」

アヌビスは再び羅針盤を物質化して、エリア＃８の中央広場の一角に設置した。

「この羅針盤の形は、どこかで見たことがあるのですが……」

「そうですね。この羅針盤の形状はありふれたもので、円を分割する際に頻繁に用いられていますね」

「そうか、誕生日の時に食べるホールケーキとか、ピザを分ける時にこの形は使っていますよ」

「方位磁石の文字盤以外にも、宇宙の創造をあらわす基盤としてよく目にするでしょう。この羅針盤には、東西南北以外にも目盛りがありますから、よく観察してみてください」


「東西南北の他に……北東、南西、南東、北西？　アヌビス、これはもしかしたら！」

ノートをあわてて開き、マヤは自分が描いた図形を見た。

「アヌビス、どういうことなの。夢で見た『太陽の図形』も八方向を指している。この図形は羅針盤だったのですか？」


「ええ、そうです。いいところに気がつきましたね。あなたが描いた図形は、八方向の方位をあらわす羅針盤でもあるのです。しかし、真相は5次元の幾何学でなければ解くことができないでしょう。3次元的に解釈すれば、ホールケーキや方位磁石など、よく目にするありふれた配置ですね」

アヌビスの言葉を聞いて、マヤは心がときめいていた。ついに、今朝見た不思議な夢、太陽の前面で回転していた図形について、その真相が明らかになるのかもしれない。マヤのはやる気持ちを抑えるように、アヌビスは淡々とした口調で、話を続けるのだった。

「それでは、時間軸を調整しましょう。時間軸を調整するとは、過去のご自分と未来のご自分を今という瞬間に集わすことでもあり、夢と現実の世界を同じ温度にすることです。夢と現実の周波数を同じにするのですよ。おわかりですか？

時間軸の調整とは夢の世界と現実を同じエネルギーにすること。平行現実を統合してゆくことでもあります」

「なんか相当難しそうですね……」

「それは、あなた次第なのですよ。いいですか、ワタクシは長年あなたを見てきましたので、知っていますよ。あなたは、ほしいものはたいてい手に入れてきたことを。強く望めば、なんでも手に入れてきたはずです。なぜそんなことができるかといえば、あなたは創造の図形を使っていたからでしょう」

「アヌビス、わたしは創造の図形なんて使ってませんよ」

……創造の図形を使っていた覚えはないけれど、客観的にみればアヌビスの言うことも一理あるのかもしれない。

こんなことは、自分ではそうそう認めたくはないけれど、強く望んだこと心から望んだことは、たいてい手に入れてきたように思う。望む現実を3次元化するには、心を透明にしてゼロポイントで明確なビジョンを発信する。それは、願いなんて言葉は不適切かもしれない。ゼロポイントで、幾何学的パターンを発信する。軌道計算をして、未来にリンクするだけなのだから……。こんなことは、だれでも無意識のうちにやっているのではないだろうかとマヤは思うのだった。

「まずは、不要なものを出し切って、からっぽの空間を作ることです。コップのなかに水が入っている状態で、さらに水を入れようとしても難しいですね。まずはコップの水をからっぽにして、そこへ新しい水を注げばいいのです。

そして、受け取るための受け皿を創ることは重要で、図形とは精妙な入れ物でもあるのですよ。そう、とても精巧にできている創造の図形なのです。ですから、その器にふさわしいものがやってくるのです。図形とはそういう作用があるのです。やってくるものは、あなた次第ではありますが」

「アヌビス聞いてもいい？　創造の図形とはどんな図形ですか？」

「まあ、それは不思議ですね。あなたはすでにその図形を描いています。あなたのノートに描いてある図形。太陽の前で回転していたという図形のことですよ。多次元的に申しますと、この図形は『時空を旅する者の紋章』とも呼ばれていますね。しかし、その名前にとらわれてはいけません。地域、時代、次元によって呼び名はいろいろ変化するでしょう。呼び名にこだわっていると、それは限定された範囲内のものになってしまいますので。純粋に図形を感じてください」

マヤは言葉を失い、ノートに描かれた図形をしげしげと見ていた。

「でも、悪いけれどアヌビス、わたしはこの図形を使って、時空を旅したことなんかないし、なにかを手に入れたことなんかありませんよ」

「最初に図形ありきです。

なにかを物質化する時、図形が介入していることを思い出してください。あなたがなにかを物質化する時……自覚はないかもしれませんが……いつも図形を使っているのですよ。その証拠となるような問題を今からお出ししますので、もしこの質問に正確に答えられたなら、図形の存在を認めてくださいね。いつもあなたはこの図形を使って意識を具現化しているのですから……」

アヌビスは背筋をピンと伸ばして、左右の前足をピッタリとつけ、マヤの正面に座った。アヌビスがこのポーズを取る時ばかりは、くだらない冗談などいって笑っている場合ではなく、真剣に答えなければいけない。全身全霊をこめて質問に答えなければ、アヌビスの大きな前足でアクセスコードを切断され、３次元の世界に強制帰還させられるのだから……。

「それでは、ワタクシ、アヌビスがあなたにご質問します。

あなたが想いを発信する際、まず、行うことはなんでしょうか？」

「まずは、不要なものを手放します」

「不要なものを手放す際の回転方向は？」

「右まわりです」マヤはキッパリと答えた。

「それでは、不要なものを手放した後、行うことはなんでしょうか？」

「意識をゼロポイントにチューニングして、ハートの中心から、整合性の取れた正しい言語を発信します」

「発信の際の回転方向は？」

「左まわりです」マヤはアヌビスの瞳を真っすぐに見て答えた。

「ご質問は以上です。あなたが想いを現実化する際の手順、フォーカスするポイント、回転方向が明らかになりましたね。今、あなたが答えたことを、この『創造の図形』に当てはめてご説明しましょう」

アヌビスの説明はこうだった。

「創造の図形」は、右まわりに△の部分を進み、左まわりに◯の部分を進む。

まず、右まわりの方向に、不要なものを手放してゆく。その際のポイントは、嫌々《いやいや》手放すのではなく、そのものに感謝を込めて昇華《しょうか》させること。もし、それを必要としている人がいたら、次の人に渡すことも可。

次に、ゼロポイントにフォーカスする（不要なものを手放してゼロの状態になることでゼロポイントに入るという考え方でも可）。

そして、最後に、左まわりに想いを発信してゆく。その際のポイントは、発する想いに三方向からなる座標軸を設定し、曖昧な表現を使わないこと。

まずは不要なものを手放し、空っぽの空間を作ってから、ゆがみのない正多面体に準じた言葉を発信することによって、その効率があがるらしい。創造の図形のなかには「手放す図形」「受け取る図形」の二種類が重なっているので、別々の図形として使うことも可能だというが、単体で使うのではなく、二つセットで使うことによって極性の変化が起きて、流れがスムースになるという。

「まさか、自分がこんな図形を使っていたとは知らなかったけれど、図形で説明してもらうとわかりやすいですね」

マヤは感慨深《かんがい》そうに言った。

「創造の図形についてはわかりましたね。そんなあなたでも、唯一思い通りにならなかったことはないですか？」

「唯一？　Z＝1／137　という計算式が解けないことかな？　それとも……知恵の紋章3Dがわからないことかな」

マヤは腕組みをしながら、虚空に描かれている計算式を見あげているような仕草をした。

「いいえ。エリア#6と7の間にある氷の図書館に眠っていた、レムリアの王のことですよ」

アヌビスはキッパリと言った。

「えっ、本当なの？」

マヤは心臓の鼓動が早くなるのがわかった。

「ええ。本当です。正確には、レムリアの王子のことです。あなたが、氷の図書館に眠る人類の集合意識の記憶を溶かそうとして、レムリアの王ではなく少年王があらわれてしまったことは、ここ、宇宙図書館では有名な話です。ではなぜ、レムリアの王ではなく王子があらわれたかわかりますか？」

「なんでなの？」

マヤはずっとそれが疑問だった。

かつてマヤは夢のなかで「6と7の間を修復せよ」という言葉を受け取り、宇宙図書館にアクセスした際に、エリア#6と7の間にある氷の図書館へと赴《おもむ》いたことがある。氷の図書館にはレムリアの墓守である、カメのアルデバランという存在がいて、レムリアの王が目醒めるのを1万3000年間も待ち続けているのだと言った。

氷の図書館には、おびただしい数の氷の柱が乱立していたが、柱のなかには、凍りついた記憶、流されなかった涙や、固まった感情というものがあった。記憶とは氷のうえに降り積もる雪のようなもので、凍りついた記憶は、日の当たらない場所に置き去りにされ、長い年月をかけて水晶の柱のようなものを作っていた。凍りついた心は小さなかけらになって、記憶の海へと流れ込み、同じパターンを発する記憶に引き寄せられていた。

人類の集合意識に眠る凍りついた記憶を溶かすべく、マヤはカメのアルデバランと一緒にパズルを解きながら、氷の柱を溶かしていったが、小高い丘に立つ氷の柱だけは溶けることがなかった。しかし、マヤが懐かしい歌を歌うと氷が溶けはじめて、レムリアの王ではなく、幼い少年があらわれたのだった。なぜかわからないけれど、その少年はすべてを忘れていたのにマヤが歌った歌の旋律を覚えていた……。

そして、少年を王へと育むために、宇宙図書館のエリア#4のシリウスの元に連れて行ったのだが……。

「なぜなら、これは扉の原理と同じで、あなたの意識レベルと同じレベルの王があらわれる仕組みになっているからです」

アヌビスの言葉を聞いて、マヤは思わず両手で頭をかかえてうつむいた。

「……おわかりですか？　あの少年が、あなたの意識レベルだったのですよ。

現在のあなたの意識レベルに合った現象があらわれたということです。ご自分の意識が向上すれば、それにふさわしい現象があらわれるでしょう。扉の原理と同じように、内側と外側の世界は呼応しているのですよ」

あまりにも突飛な話にも思えたが、マヤには妙に納得する部分もあった。アヌビスの言うことはたぶん真実なのだろう。

「そして、真の王が地上に降りるには『8』の力を使うことです」

「でも、アヌビス……王が地上に降りる必要があるのですか？」

「ここでいう王という存在は、自分自身を知り、自分自身で在《あ》る者。自ら輝きを放ち、惑星意識から脱却し、恒星意識を持って生きる者のことです。あなたが描いた太陽の図形は、永遠の循環をあらわしています。そして、中心にある9番目の○を意識することが重要です」

マヤはノートに描いた図形を見つめながら、夢の意味を考えていた……。

「さらに話を進めましょう。

宇宙創造の仕組みには、プラスとマイナスとゼロ以外になにが必要だと思われますか？」

「空っぽの容れ物。創造をするスペース？

それとも創造をする時間かな？」

「時間と空間よりも以前に、もうひとつ必要なものがあります」

「……時間と空間より前に必要なものなんてあるの？」

「それは『意図』です。創造しようとする動機であり、その意志のことです。

それは、なにかを作ろうとする情動、きっかけ、目的。火と水の狭間にある、ゼロポイントに投げかける光のようなものです。それは、二つの相反する力がせめぎあう境界線上に生じる、ある種のスパークのようなものです。結論から先に申しますと、意図と創造はペアになっています。なにかを作ろうとする動機と、なにかを創造する行為は聖なる双子と呼ばれているのですよ」

「聖なる双子？」

その言葉の意味はよくわからなかったが、何度生まれ変わっても決して忘れないような、普遍的な響きを放っていた。

《創造の図形》

「よろしいですか、この創造の図形の内側には、八つの○がありますね」

アヌビスはさっさと次の話題に移っていた。シッポをまわしながら黄金の光で○を描いてゆく。

「この○に内接する正三角形を入れてゆきましょう。△の向きは頂点を外側に向けて、北、北東、東、東南、南、南西、西、北西の八方向を指すように。そして、円の中心にも九つ目の○を描きましょう」

アヌビスが描いている黄金の図形は、紛れもなくノートに描いた図形と同じものだった。もっとも、マヤが描いた図形はかなりゆがんでいたが……。

「わー、アヌビスすごいね。夢で見た『太陽の図形』と同じだよ」

マヤはパズルを解いたような気になって大喜びしていた。

「それでは、ワタクシが描いた図形……創造の図形……に、金星と水星の軌道を描いてゆきましょう。あなたはどちらの図形がよろしいです？」

「水星の方が足が速いから、水星がいいな」と、マヤは言う。

「水星はどちらまわりでしょうか？」

「……左まわり？」

「それでは、この羅針盤に描いた、○と△では、どちらが左まわりでしょうか？」

「……○？」

「では実際に試してみましょう。この図形は水星と金星の軌道をあらわしています」

「これが水星と金星の軌道なんですか？　随分《ずいぶん》簡単な図形ですね」

「ええ。水星と金星だけではありませんよ。太陽系の惑星同士は、実にシンプルな関係で運行を続けています」

「どうしてこんなに単純な図形で描けるのですか？」

そこにはなにか仕掛けがあるのではないかと、マヤは訝《いぶか》しげな顔をしていた。

「厳密に言えばシンプルな図形が描けるのではなく、この宇宙はシンプルにできています。そのシンプルな構造の上に、惑星の運行も人の行動も、軌道を描いているのです。この宇宙には創造の原理があり、惑星地球に生きる人も、きらめく星々も、その原理に則っているのですよ。さあ、この図形を完成させましょう」

「……この図形には、まだ続きがあるのですか？」

「ええ、その通りですよ。未完成な部分を探してごらんなさい」と、アヌビスは淡々とした口調で言った。

……太陽の前面でまわっていた、丸と三角で描かれた図形。この図面には、なにか記入漏れがあったのだろうか？

目を瞑り、夢のかけらを拾い集めてパズルを完成させようとしたが、回転する３Ｄの図形を静止映像でとらえるのはことのほか難しい。頭のなかで３Ｄの立体をまわしていると至福の状態になり、時が経つのも忘れてしまう。

「アヌビス、なにかヒントはないですか？」

「ええ、ヒントを差しあげましょう。未完成の部分とは、平面に描けるものではありません」

「平面に描けないということは、立体なのですか？」

「半分正解ですが、残りの半分とは、３次元の立体にある要素を付け加えた、５次元の幾何学の領域なのです」

「５次元の幾何学の領域……？」

徐々に核心に迫ってきたとマヤは感じていたが、具体的な解答はよくわからなかった。アヌビスが言うところの５次元の幾何学とは、図形の時間的経過だろうか、極性を持たせることだろうか、それとも、回転なのだろうか？

「さあ、この羅針盤のＮ極の位置、すなわち、円の０度の位置に立ってください」

アヌビスに促されるまま、マヤはおそるおそる羅針盤の一番北にある丸のなかに入ってみた。外側の大きな円には３６０個の目盛があるようで、足元を見るとそこには「０／３６０」という数字が刻まれていた。

「おわかりですね。N極の位置は、0度であり、一周まわった後の360度でもあります。それではご一緒に、丸のなかに描かれている三角形の頂点が示す角度を見つけにゆきましょう」

アヌビスと一緒に、丸を順番にたどり、丸のなかに描かれたある三角形が示す角度を読みあげてゆく。

「45度、90度、135度、180度、225度、270度、315度、360度」

そこには、円を八分割した時の角度が示されていた。

「左まわりに八つの丸に、①から⑧まで番号をふってみましょう。あなたは、0度から左まわりにまわってください。0度からだんだんと数字が増えてゆきますよ。一方、ワタクシはあなたと反対まわりに、360度からだんだん数字が減ってゆきます。ちょうど対極にあるS極の位置、すなわち180度の位置で交叉して、そして再び、0度／360度の位置で再会しましょう」

アヌビスは⑧⑦⑥⑤④③②①、自分は①②③④⑤⑥⑦⑧の順番にまわればいいだけだと、マヤは簡単に考えていた。

「では、はじめましょう。①は何度を指していますか？　丸のなかにある三角形の頂点が指す、目盛の数字を読んでみてください」と、アヌビスは言う。

「①は45度？」

マヤは三角形の頂点が指している数字を読みあげる。

羅針盤の角度

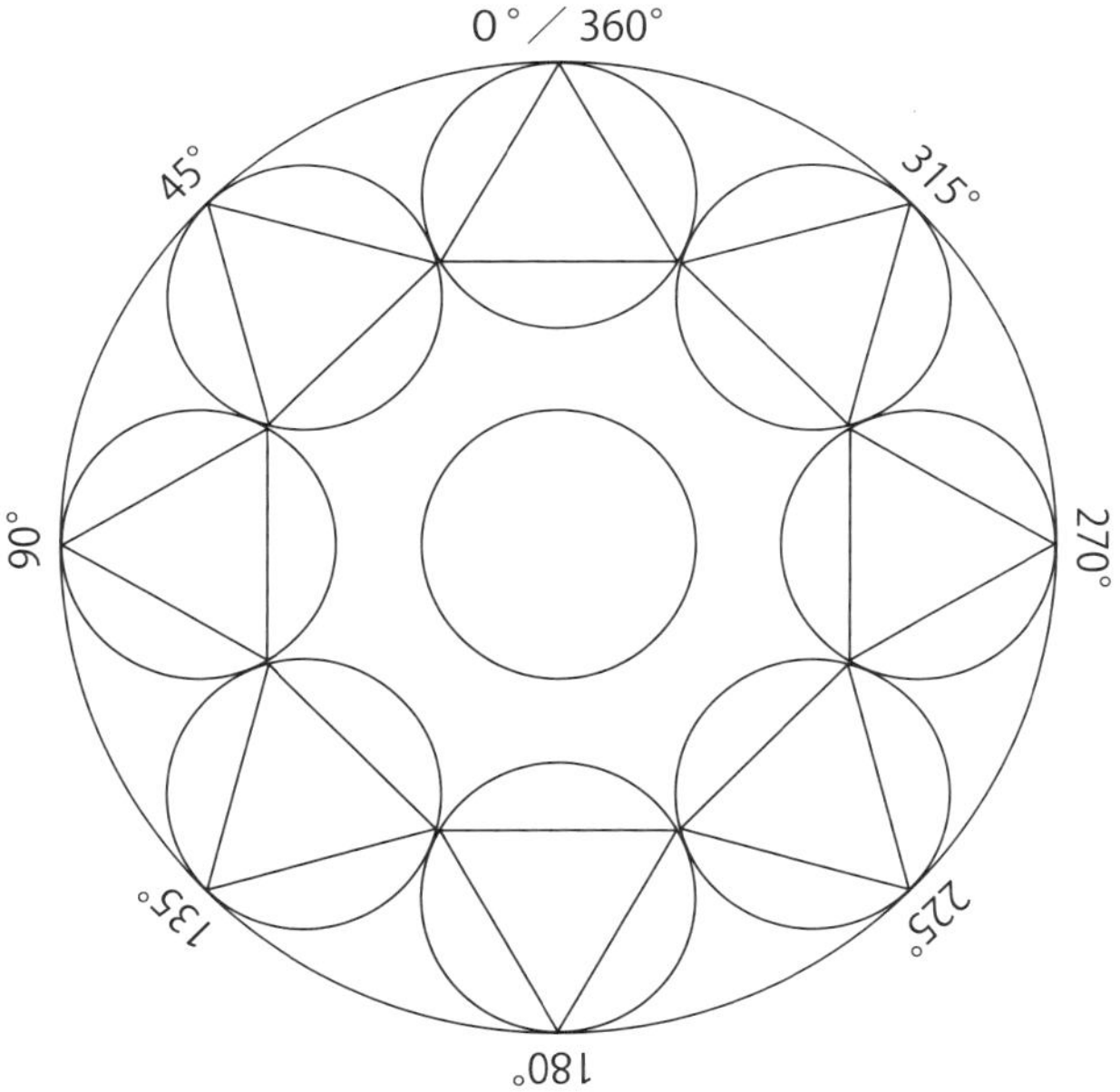
0°／360°
45°
315°
90°
270°
135°
225°
180°

「そうですね。あなたは45度。ワタクシは⑧315度です。45度プラス315度は、何度でしょうか？」

「45＋315＝360度」

「そうですね、360度です。それでは次の②に移動しましょう。何度を示していますか？」

「90度」

「そうですね。あなたは90度、ワタクシは270度です。90度プラス270度は、何度になりますか？」

「90＋270＝360度」

「そうですね。では、次の③に移動しましょう」

「135度！」

マヤはアヌビスに聞かれる前に数字を読みあげていた。

「ワタクシは225度です。135度プラス225度は……」

「360度！」

「次の④でワタクシアヌビスと出会います」

マヤとアヌビスは、四つ目の丸、すなわち180度の位置でお互いに向きあっていた。マヤは法則をすでに発見したようだった。

「180度＋180度は、360度」

「さあ、ここからが重要ですよ。よく聞いてくださいね。あなたは⑤に移動する際に、ワタクシの身体を通り抜けて行ってください」

「エッ、そんなの無理だよ。どうやって、アヌビスの身体を通り抜けるっていうの」

マヤは駄々《だだ》をこねて、アヌビスに訴えていた。

「簡単ですね。よく見ていてください」

そう言い残すと、アヌビスは一瞬透明になって、呆然と立ちすくむマヤの身体を通り抜けて、次の丸のなかへと移動していた。

「今度はあなたの番ですよ」

アヌビスは再び180度の位置まで戻ってきて、そう言うのだった。

「こんなこと、無理に決まっている」

マヤは聞こえないくらい小さな声でつぶやいていたが、勇気を奮って足を踏み出してみると、案の定アヌビスの大きな身体にぶつかり、その反動で倒れて込んでしまった。

「やっぱり無理だよ。アヌビスのようにはできないよ」

「あなたが無理だと思うことは、無理なのでしょう。できませんと言った時点で、できることもできなくなります。可能性の扉はいつでも開いておくことですよ」

そう、ここは宇宙図書館の領域内だから、3次元の世界とは密度が違うのだろう。この領域ではきっと、物質を通り抜けるなんて簡単なことなのだろうと言い聞かせ、マヤは勇気を出して、アヌビスの正面に立った。

「いいですか。あなたの粒子を、相手の粒子より細かいものにしましょう。周波数をあげて、細かい振動数にしてみましょう」

「どうやって？」

「心のサンクチュアリを思い浮かべ、ハートの周波数をあげてください」

アヌビスはそう言いながら、背中の羽根のようなものを動かして、金色の粉を数字の8の字の形に振りまいている。

……うわあ、きれいな8だなあ、と思った瞬間に、マヤの身体は微細な振動数に変わり、アヌビスの身体を通り抜けて、五番目の丸のなかに立っていた。

「アヌビス、今、なにをしたの？」

「8という数字の周波数を使って、あなたを悦びの波動領域へと移送しただけですよ。簡単ですね」

簡単ですねといわれても……数字を見てきれいだと思っただけで、別になにか特別なことをやったわけでも、秘密のジュモンを唱えたわけでもない。自分にいったいなにが起きたのか、正確にはわからなかったが、アヌビスの身体を通り抜けた時、渦を巻く青い銀河が見えたような気がした。その青い銀河の残像がかすかに残っていた。

「⑤が示す角度は何度ですか？」

淡々としたアヌビスの声が再び聞こえている。

「⑤は225度」

「それでは、ワタクシ、アヌビスは何度に立っていますか？」

「えーと③は、たしか135度だったかな？」

「そうですね。360度マイナス225度は、135度ですね。次の⑥に移りましょう。何度を指していますか？」

「⑥は270度」

「ワタクシ、アヌビスは何度の位置だと思われますか？」

「360－270度＝90度。⑦は315度、アヌビスは45度」

「そうですね。八番目は何度でしょうか？」

「360度と0度」

「これで一周しました。それでは、もう一度同じことを繰り返しますよ。数字を声に出して言ってみましょう」

羅針盤が示す数字を読みあげながら、マヤとアヌビスは再び同じことを繰り返してゆく。

「羅針盤が示すあるパターンに気がつきましたか？」と、アヌビスは尋ねた。

「合計が、360度になっていたことかな……？」

「ええ。合計が360度になるということは、とても大切な条件ですので覚えておいてください。そして、互いの位置関係を角度としてはかってみてください。おもしろいパターンが見つかりますよ」


アヌビスにそう言われ、マヤは互いの位置関係を純粋に「角度」としてはかってみることにした。0度からスタートして、90度、180度、90度、0度、90度、180度、90度、そして再び0度に戻ってきた。

アヌビスは円のなかに縦軸と横軸を取って、この角度の変化をグラフにして見せてくれた。グラフにあらわすと、めぐる季節や月の満ち欠けのような波形を描き、春夏秋冬や潮の満ちひきをあらわしているような気もした。これは太陽と月と地球の位置関係とも関連があるのだろうか……？

「……ごらんなさい。あなたが発する数字の周波数と、ワタクシが発した数字の周波数が呼応して、ある波形を描いていたことがわかりますね。なぜなら、あなたは、数字が持っている固有の周波数を正しく発することができるからですよ」

マヤは困ったような顔をして「そんなことできません」と、つぶやいた。

「いいえ、あなたは、数字が持っている固有の周波数を正しく再生することができます。その理由は、あなたは数字が発する正確な音を聴いているからです。そして、ゼロの音がハートの中心でチューニングされていて、ゼロポイントの領域で数字を発声しているからですよ」

「でもアヌビス……ゼロの音って……音がないんじゃない？」

マヤは人差し指を耳に当て、左右に首を傾げていた。

「そうです。ゼロとは透明な音を発していますね。その透明な領域で数字を発しているので、あなたは、数字が持っている固有の周波数を正しく再生することができるのですよ。ゼロの音が正しく設定されているわけは、図形のフォーメーションが整合化されているからです……」

アヌビスは虚空に円を描き、そのなかに縦軸と横軸を設定して、縦軸と横軸が交わる点にゼロポイントの図形を描いてゆく。

この宇宙図書館の領域では、言葉も立体図形になるくらいだから、数字に固有の周波数があってもおかしくないのかもしれないけれど……自分が正しい音で数字を再生できるとはとても思えなかった。

「あなたが描いた左まわりと、ワタクシが描いた右まわりが、それぞれ○と△の図形に光を灯し、この図形は完成しました。本来であれば、あなたは聖なる双子と、この作業を行い、創造の扉をあけるのですが……あなたがた二人は、別々の言語を話しているようなので、現時点では難しいでしょう。それまでは、このパターンをよく覚えておいてください」
「……こんなことをして、なんの意味があるのですか？」
マヤは少し不機嫌そうな顔をしていた。
「これは『創造の図形』の正しい使い方です。直線のエネルギー、曲線のエネルギーの両方があって初めて創造は生まれるのですよ」

なぜ、こんなことをさせられるのか、マヤには全く理解不能だったが、アヌビスと一緒に、数を数えながら何度も羅針盤の上をぐるぐるまわりながら、離れては出会い、出会っては離れるというパターンを繰り返してみた。その他にも、いくつかの回転パターンや反転パターンを教えてもらった。

いくつかのパターンを実際に自分でたどってみるうちに、これが5次元の幾何学なのかはよくわからなかったが、極性を持たせ反転させるという感覚が、なんとなくつかめてきたような気がした。そのうちに、八つの丸にはそれぞれの方位と色があるだけではなく、固有の音階があるような予感がしてくるのだった。

「それでは、この羅針盤を使って実際に時空を旅してみましょう。あなたは常に羅針盤の中央の丸にいて、ご自分が望んだ時空へと瞬時に移動できます。意識を向けた方向へと、どこへでも等距離かつ最短距離で行かれるという感覚に慣れてください。行き先までの距離や時間は関係ありません。遠くても近くても、過去でも未来でも同じことです」

アヌビスはそう言い残すと、羅針盤の中央に透明な球体を設置し、そのなかへと音もなく消えてゆく。まさか、この球体のなかに入って、動かしてごらんなさいとでもいうのだろうか……？

マヤはしばらく透明な球体を見つめていたが、アヌビスが大きな前足で手招きをしているので、しぶしぶと球体へと足を踏み入れた。

「この球体を操縦してごらんなさい」

予想通り透明な球体を動かしみるようにアヌビスは促しているが、ハンドルもなければアクセルもエンジンもない球体をどうやって操縦するというのだろう……。唖然としているマヤを横目に、アヌビスは前方に丸い窓のようなものを物質化し、そこに羅針盤と全く同じ形のものを設置してゆく。

「この座標軸さえマスターしてしまえば、決して迷うことはありませんが、基本は大切です。どこへ赴いてもいいですが、必ず元の位置に戻ってくるように心がけましょう。角度が重要です。おわかりですね？」

そこには、円を八分割した時の角度が示されていた。アヌビスのアドバイスに従って、マヤは球体を四方八方へと移動させてみた。前方へ行き、中央に戻り、後方へ行き、再び中央。右、中央、左、中央、そして、45度ずつ角度を変換してゆく……。

3次元の常識では球体は平面の上を転がるように思うが、この透明な球体の動きは、3次元の常識とはかなり違っていた。シャボン玉がパッとはじけるように消え、座標軸を設定した位置へと、瞬時にワープするようにも感じた。あえて3次元にあるもので似ているものを探すなら、空中に浮かびながらまわるコマの回転と似ているのだろうか？　しかし、硬い物質ではない。この浮遊感がマヤは楽しくて仕方がなかった。ついには、この羅針盤は平面に描かれた丸ではなく、球体であることが実感としてよくわかった。そう、この羅針盤は紛れもなく球体なのだ。

「あなたには、この羅針盤が『時空を旅する者の紋章』とも呼ばれている意味がおわかりですね？　結論を先に申しますと、この紋章の中心にフォーカスすれば、最短距離かつ等距離で八方向へと行かれるのです。あなたのハートの中心には『時空を旅する者の紋章』が輝いていることを忘れないでください。この形を使えば、1度のずれもなく45度にチューニングできるでしょう」

「すごいね、アヌビス」

いかにして無駄なく「最短距離」で行かれるかというのが、興味の対象になっているマヤにとって、アヌビスの言葉はとても魅力的に聞こえた。

「この羅針盤は、時空を旅する際以外にも、さまざまな場面で使うことができるのですよ。たとえば、個人的な記憶を検索、ＤＮＡに刻まれた記憶、地球の記憶、地球人類の集合意識を検索する場合にも、同じ要領で使うことができます。この羅針盤は宇宙地図でもあり、脳の配線図として考えてもらってもいいでしょう」

そういば、中心から八方向に伸びる八条の光は「時空を旅する者の紋章」と呼ばれていることをマヤはようやく思い出した。それは、「＋」と「×」という記号を中心であわせた形で、もしかしたら「時空を旅する者の紋章」の３Ｄにあたるものが、この羅針盤なのではないかとマヤは思いめぐらしていた。

仮に「時空を旅する者の紋章」が、自分のハートの中心に輝いていたとしたら、夢のなかで見た、太陽の前でまわっていた図形は、自分のハートの中心の図形が、太陽に映っていたのだろうか？　夢のなかで見る太陽と、目を瞑っても見えるハートの中心の太陽は、同じものなのだろうか？　知れば知るほど新たな疑問が生まれ、謎はますます深まってゆく。

《調和とコスモスの花》

アヌビスがクルクルとシッポをまわしてゆくと、あたりは淡いピンク色の光につつまれ、光の中央から一輪の花が咲いてゆく。その花をアヌビスはそっとマヤに手渡すのだった。

「あっ、コスモス」

「そうです。この花はコスモスと呼ばれていますね。あなたの頭が飽和状態にならないうちに、シンプルで美しいアプローチにしましょう。コスモスには、花びらが何枚あるか数えてごらんなさい」と、アヌビスは言う。

「1、2、3、4、5、6、7、8？

コスモスの花って、花びらが八枚なんですね！」

「ええ。この花はなぜ、コスモスと呼ばれていると思われますか？」

「コスモスってたしか……『宇宙』という意味もあるのですよね？

ひょっとしたら、この花が宇宙の法則をあらわしているとか？」

「その通りです。花は宇宙の法則をあらわしていますが、それはコスモスにかぎったものではありませんね。他の花も宇宙の法則をあらわしているのですよ。

コスモスとは、もともとの語源をさかのぼると、秩序と調和という意味がありますね。コスモスの反対語はケーオスといい、混沌《こんとん》という意味です。ケーオスとは『原初にできた裂け目』

という意味を持ち、この宇宙の創造以前の世界を指しています。宇宙とは調和であり、調和とは宇宙のことでもあるのですよ」

「ということはアヌビス、この宇宙は『原初にできた裂け目』からはじまったのですか？」

「その通りですよ。それではなぜ、この花のことを調和という意味の、コスモスという名前をつけたのか考えてごらんなさい」

「それは……この花が調和的だからですか？」

「しかし、調和的な花はコスモスに限られたものではありませんね。すべての色が美しいように」

アヌビスは鈴が転がるような、優美な声を出している。

「さっき、角度が重要だとアヌビスは言っていましたよね……もしかして……花びらの枚数と角度が調和的なのかな？」

「そうですね。このコスモスの花が示す通り、あなたが描いた創造の図形は、調和的な形をしています。一見、とても単純で、他の図形と比べても、たいして価値がないように映るかもしれませんが、あなたが描いた図形には、5次元の幾何学の要素がふんだんに織り込まれているのですよ。いわば創造の図形は、5次元の要素を圧縮して、2次元平面にたたみ込んでいるとも言えるでしょう。あなたが夢を通して、この創造の図形を3次元の時空間においてダウンロードしたことは、ある意味で奇跡のようなことなのです。

しかし、この図形をだれもが目につくところに置いておいても、その真価に気づく人はごく稀だと思われます。なぜなら、あまりにも調和的すぎて、まわりのものに紛れてしまうからです。あなたがダウンロードした創造の図形は、調和の図形でもあるのですよ」

「調和の図形……」

マヤは言葉を失い、ノートに描いた図形とコスモスの花を何度も見比べてみた。

「……たしかに、コスモスの花を見て美しいという人はいても、この図形を見て美しいと思う人は稀かもしれませんね」

マヤは大笑いしながら45度の角度を見あげると「0・001パーセント」というデジタル表示がスクリーンにぼんやりと浮かんでいた。無意識のうちに、右斜め45度にあるスイッチを数字モードに切り替えてしまったようだった。

……0・001パーセントいえば、10万人に1人か。

「そうですね。コスモスの花びらの角度は、45度、90度、135度、180度、225度、270度、315度、360度ですと申しあげたとしても、この角度を美しいと感じる人は、現在の惑星地球では稀かもしれませんね」と、言いながらアヌビスも微笑んでいた。

「天空の星々が描く光の軌道は、まるで地上に咲く花のように美しいものです。創造の図形とは、調和と永遠の循環をあらわす図形であり、地上に生きることを決意する際に使う図形でもあるのですよ。

宇宙の真実は、美と調和の上に舞い降ります。宇宙と地球、可憐さと力強さ、その狭間に真実は舞い降りるのです。この花に秘められた数字と幾何学的な意味を忘れないでくださいね」

風に揺れる可憐なコスモスの花を見つめながら、アヌビスが言ったことは決して忘れないと心に決めた。

《時間を巻き戻し過去の自分を救出する方法》

「……あなたは、次の領域へと進む前に、もう少し軽やかになる必要があるようですね」

「軽やかに?」

「ええ、そうです。なぜなら、この重力のままでは、うまく飛ぶことができないからです。あなたは、過去のある地点において、置き去りにしている『想い』があります。さあ、時間を巻き戻して、過去のご自分を救出しにゆきましょう」

アヌビスは虚空に座標軸を設置し、時間軸を巻き戻してゆく。「重い」ものを軽くするために過去の「想い」を救出するなんて、どういうことなのか意味がよくわからないが、時間軸はスピードをあげて、過去の一点へとフォーカスをあわせてゆく。

光のトンネルをくぐりぬけると、音の周波数が変わり一瞬のうちに視界が開けた。天空からは懐かしさにつつまれた光が降りそそぎ、座標軸の外枠からセピア色の世界が広がってゆく。

やがて子どもたちの笑い声が聞こえてきた。

虚空に設置した座標軸は、円形のスクリーンのようになって、小さな子どもたちが、かわいらしい声で歌ったり、小さな手をあげてダンスをしたり、裸足で駆けまわったりしている姿が映っている。それはごくありふれた幼稚園のような風景に見えたが、ふと視線を泳がすと、教室の片隅で一人の少女が粘土遊びをしている姿が目にとまった。

さらに時間軸を進めてみても、晴れの日も雨の日も、風の日も雪の日も、来る日も来る日も、その少女は教室の片隅で、ただひたすら粘土で遊んでいるのだった。まわりの風景は移り変わってゆくのに、少女のいる場所だけ時間が止まっているように見えた。先生やほかの子どもたちからは、少女の姿はほとんど目に入らないようで、気のせいか、そこだけ空間が薄くなっているようだった。

「さあ、過去のご自分を救出していらっしゃい」

アヌビスにそう言われてはじめてマヤは、教室の片隅で粘土をしている少女は、過去の自分だということを認識した。

「どうやって救出するのですか？」

「なぜ、一人で粘土をしているのか、その理由を少女に尋ねてごらんなさい。粘土で遊んでいるという表面的な現象ではなく、その奥深くにある『想い』を明らかにすることです。過去を手放すのではなく、過去にある『想い』を認めてあげることです。そして、少女の『想い』を未来へと、一緒に連れて帰ってあげることです」

アヌビスの説明によると「時間を巻き戻し過去の自分を救出する方法」とは、積み残した想いに光を当てて、手放すのではなく、その存在を認め、ハートの領域で抱きしめてあげることらしい。

＊＊＊＊＊

キラキラと微細な音を立てながら黄金の光が舞い降り、気がつくとマヤは、日の当たる教室の片隅にたたずんでいた。未来から来たマヤの姿は、他の人からは見えないようだった。そして、ぽつんと一人で、粘土で遊んでいる少女にゆっくりと近づいてゆき、こう尋ねてみる。

「……マヤちゃんは、みんなと一緒に遊ばないの？」

少女は、黙々《もくもく》と粘土を続けている。少女にも未来からやって来たマヤの姿は見えないのだろうか？

「……なんで、マヤちゃんは、粘土をしているの？」

もう少し大きな声で尋ねると、少女はチラッとマヤの顔を見あげ、クリスタルのように透き通った声でこう言うのだった。

「子どもたちと一緒に遊びたくないから、一人で粘土をしているの」

「どうして？」

「わたし、子どもじみた遊びは好きじゃない。

先生はわたしを子ども扱いするのよ」

「だって、マヤちゃんは、まだ、幼稚園でしょ？」

少女の瞳は一瞬のうちに凍りつき、鋭利な光を放っている。

そして、再び下を向き、黙々と粘土をはじめるのだった。


「ねえ、マヤちゃん、粘土でなに作っているの？」

再び尋ねてみると、少女は少し迷惑そうな顔をして「マル」と答える。

「どんなマル？」

「きれいな、まんマル」

「どうして、きれいなまんマルを作るの？」

「宇宙はきれいな、まんマルだから」

「そうか、マヤちゃんは、粘土で宇宙をつくっているんだね？」

「そう。宇宙」

少女は瞳を輝かせ、心なしか小さく笑っている。


「マヤちゃんは、どんな宇宙を作っているの？」

「わたしね、宇宙がどうやって生まれたか、宇宙誕生の物語をつくっているの。

でもね、先生やみんなに宇宙の物語を教えてあげても、だれもわからないみたいなのよ。

粘土は粘土だって……宇宙じゃないって」

「ねえ、マヤちゃん、どうして宇宙誕生の物語を作っているの？」

「うん。生まれて来る前にね、白いおひげのおじいさんに教えてもらったの。この物語を忘れちゃいけないよって、おじいさんは言ってたの。だから、忘れないように粘土でつくっておくのよ」

「そうかあ。白いおひげのおじいさんが教えてくれたんだね。ねえマヤちゃん、お姉ちゃんにも、宇宙の物語を聞かせてくれる？」

「いいよ」

少女はあっさりとそう答えると、小さな手の平を前後に動かしながら、粘土のかたまりをひも状に伸ばしてゆく。そのひもはどんどん長くなり、両手を広げたくらいの長さになった。

「これ、なーんだ？」と、少女は尋ねるので「これは、ひもかな？　それともヘビかな？」と、マヤは答えるのだった。

「ううん、これは、龍なの。こっちが頭で、こっちがシッポ」

「ああそうかあ。龍なんだね」

「でもね、本当はね、龍じゃないの。名前がないから、みんな龍と言っているだけ」

「じゃあ、本当はなあに？」

「これはね、本当はね、宇宙を分割する線なの」

「宇宙を分割する線？」

一瞬、ハッとして耳を疑った。


「ほら、見てて。

テーブルの真ん中に、この龍を置くと、テーブルが半分に分けられるでしょ」

少女は丸いテーブルの真ん中に、ひも状の粘土を置きながら話している。

「すごいねマヤちゃん。これは宇宙を分割する線なんだね」


少女はひも状の粘土の端をテーブルの真ん中に置くと、グルグルと渦巻きを描くように器用に巻きつけてゆく。

「龍はね、自分のシッポを追いかけているうちに、渦巻きになっちゃうのよ。

ほらね、まんマルが線になって、線が渦巻きになったの。

……ねえ、渦巻きの次はどうなると思う？」


「球体が線になって、線が平面になって、平面が……どうなるのかなあ、マヤちゃん教えて」

「うん、いいよ。教えてあげる。渦巻きは空高く伸びていって、壺になるのよ」

少女は渦巻きを高く伸ばして、壺を作りはじめた。

「わー、面白いね」

「ううん、ここまでは普通のお話。ここから先が、もっと面白いの」

少女はいたずらっぽい目をする。


「早く続きが聞きたいな。教えて教えて」

「いいよ。あのね、渦巻きには二種類あるのよ。時計と同じにまわる渦巻きと、時計と反対にまわる渦巻き……でもね、知ってる？　粘土で渦巻きを二つ、つくらなくてもいいのよ」

だれにも言えない秘密の話をするように、少女は小さな声でささやいた。


「どうしてなの？」

「だって、フライパンの上で、渦巻きのホットケーキを焼いて、裏返してみたら、渦巻きは反対まわりになるでしょ？」

「ああ、そうか」

「ねえ、見てみて。壺のなかの渦巻きと、外の渦巻きは反対にまわっているのよ」

少女は壺のなかの渦巻きの方向と、外から壺を見た時の渦巻きの方向を、指でなぞりながら得意そうに説明してゆく。

「本当だね」

「それとね、この壺は、上から見れば凹みみたいに見えるけど……

下から見れば出っ張りなの。

ね。ひっくり返っているだけで、もともと同じものなの。

オスとメスは裏返っているだけで、もともと同じ。

宇宙はプラスとマイナスからできているんだって」

少女は粘土の壺を持ちあげながら、いろいろな角度から見せてくれた。


「ねえ、マヤちゃん、この続きはどうなるの？」

「宇宙の続きを聞きたい？」

「聞きたいなあ」

「ここから先は、条件によって、いろいろなことが起きるけれどね……」

少女は意味深なことを言うと、すくっと立ちあがり、あたりを観察していた。

「……ねえ、あそこに、女子をいじめている男子がいるでしょ？

あの子は、ひっくり返っている子。

好きな女子をいじめたり、きれいなものを見ると破壊したり、反対のことをしたくなるの。

今から面白い実験をするから見てて……」

少女は完成した粘土の壺をテーブルの真ん中に置いて振り返ると、

「わーい、できた、できた！」と両手をあげて大はしゃぎをしてみせる。

子どもたちが集まってきて、「わーきれい」「カッコイイ」「これなあに？」とみんな同時に話している。すると人垣をかきわけ、一人の少年がツカツカとやってきて、完成した壺をゲンコツでたたき潰して立ち去ってゆく。

あたりは騒然となり、泣き叫ぶ子や、奇声を張りあげる子、先生に言いつけに行く子、大笑いをする子、少年を追いかける子……、荒れ狂う竜巻のような渦の中心で、少女は平然とした顔をして、グシャッとつぶれた粘土のかけらを拾い集め、再びきれいなマルを形成しようとしている。

「ね……見たでしょ。ひっくり返っている子」

「見た見た。でも、マヤちゃん、粘土を壊されて、どうして黙っているの？」

「みんな子どもだから仕方ないのよ。そういう年頃なんだから。

それに、また新しい宇宙を作ればいいだけだから」

少女はどこか大人びた表情を浮かべている。

「ねえ、マヤちゃん、悲しいことがあったら我慢しないで、泣いたって、怒ったっていいんだよ」

「別に。これは悲しいことじゃないから」

「マヤちゃん聞いて。地球で生きていくには、いろんな人とかかわらなくてはいけないの。あなたが幼稚園を出てからもずっとそれは続くの。だから、今、この年頃にしかできないことをしようよ」

「わかっている。だからわたしは、今、粘土をしているの。

だから、幼稚園の二年間は、ずっと粘土をしてるって、わたし決めたの。

ひっくり返っている子は、まわりをみんな負のスパイラルに巻き込んでゆく。

大切な人を苦しめてしまう。

きっと、これから先もずっとそう。だって反対まわりなんだから。

きれいなもの、大好きなものを壊してしまうでしょ。

でも、壊されても壊されても、またつくればいいの。ただ、それだけのことよ。

だって、ひっくり返っていることに、本人が気づくしか方法はないの。

だれも真実を教えてあげることはできないのよ。

ねえ、大人になるって、ひっくり返っていることに気づくことでしょ？」

少女の真っすぐな目に射抜かれて、マヤはしばらく言葉を失っていた。

「ねえ、お姉ちゃんは、ひっくり返っていることに気づいている？

あなたはだれ？」

「……わたしは、わたし。わたしは、未来のあなた自身よ」

「そう……時計を巻き戻してここにきたわけね」

全く驚きもせず、さも当たり前のことのように少女は言う。

「マヤちゃんには、どうして、それがわかるの？」

「時計だって正面から見れば時計まわりだけれど、裏から時計を見れば反対にまわっているから。時間を巻き戻すのって、これと同じ原理を使うのでしょ？」

少女はどこまでも透明な声を発している。

「ねえ、マヤちゃん、お姉ちゃんも粘土を一緒にやってもいい？」

「いいよ」

こうして二人は、しばらく一緒に粘土で遊んでいた。教室にいる先生も、子どもたちも、未来からやってきたマヤの姿が見えないようだった。しかし、粘土を破壊した少年だけが、未来のマヤのことをジッと見つめている。逆回転の少年には、未来から来た人が見えるのだろうか？

時間を逆回転させてここに来たのだから、逆回転の少年にはその姿が見えてもおかしくないのかもしれない。もしかしたら、あの少年も未来の時空から……？

そんな疑問がよぎった瞬間に、少年は慌てて後ろを向くと、奇声をはりあげながら駆けて行ってしまった。


「ねえ、マヤちゃん……まんマルは、なんで龍になったと思う？」

「たった一人で、退屈だったからよ」

なんの迷いもなく、少女は即答するのだった。

「そうね。きっと、宇宙だって、一人はつまらないんだよね。

……ねえ、あの男の子、本当はマヤちゃんと一緒に粘土したいんじゃない？

一緒に粘土やろうよって、言ってみたら」

「いいの、別に」

「二人で作ったら、また別の宇宙ができるかもしれないよ」


「……ねえ、お姉ちゃん。よく覚えておいて。

ひっくり返っている子は、こっちから誘っても無駄なのよ」

少女はどこか大人びた表情をする。

「それじゃあ、マヤちゃんは、誘われるのを待っているの？」

「ううん、ぜんぜん違う。ひっくり返っている子の仕組みはこう。

たとえば、自分がやりたいと思っていることを、だれかから誘われたら、絶対に断るの。

それは100パーセントの確率なのよ。

もし、ひっくり返っている子が、だれかに誘われて、なにかしてたら、
それは、本当はやりたくないことなの」

「随分めんどくさい子ね。最短距離を進めないじゃない？」


「それだけじゃないわ。

ひっくり返っている子は、だれかがいいものをつくれば、破壊しようとするのよ。

だけど、本当にやりたいことを、自分からはやりたいとは絶対に言わない。

だからね、ひっくり返っている子が、本当に粘土をやりたいとしたら、誘っても無駄だし、
向こうから誘ってくることも絶対にないの。

以上。これが仕組みよ」

「マヤちゃん、すごい分析力だね。それなら永遠にあの子と一緒に粘土できないじゃない」

とても幼稚園児の発言とは思えない人間分析だった。少女は黙々と粘土をやりながら、人間の動きを観察し続けていたのだろう。

「そうかもね。

ひっくり返っている子は、わたしより先に粘土をはじめるしか方法はないかもね。

だから、なんでも一番にやりたがるのよ。

でもね、これは粘土だけの問題じゃない。

お姉ちゃん、いいこと教えてあげる。

ひっくり返っている子は、大切な人を苦しめてしまうという本当の意味はね……

一番好きな子とは遊べなくても、好きでもなんでもない子から誘われると平気で遊ぶの。

それが人類愛だと思っているみたい。だって、自分が一番苦しんでいるんだから。

そんなことをしていても、心が満たされることは永遠にないでしょうね。

早く目を醒《さ》まして、ひっくり返っていることに、自分で気づくしか方法はないのよ」

少女は聖母のような微笑を浮かべ、一人の少年のことを見ている。たしかに、ひっくり返っている子のまわりには、不自然なくらい女の子がたくさん群がっていた。だれにでも優しいという仮面の下には、傷つきやすく繊細な心があり、一番好きな子とは遊べない哀しみが見え隠れしているようだった。

やがて、教室のチャイムが鳴り、子どもたちはケタタマシイ声を張りあげている。先生は走りまわる子どもたちを捕まえようとしている。子どもたちは、おもちゃを片づけたり、物を投げたり、片づけたすきからひっくり返す。「みんな急いで教室に戻りなさい。早く！」と先生は言っておきながら、転んだ子どもにむかって「走るから転ぶのよ」と叱りつけている。この指示系統には、明らかに矛盾点があり、ここは無法地帯かと思うほど、騒々しさのボルテージが最高潮に達している。

そんなさなか、少女は粘土をきれいなまんマルにまとめて、無表情のまま帰り支度をしているが、ふと気がついたように手を止めた。


「……ねえ、お願い、わたしを未来に連れて行って」

少女はマヤの服をつかみ、真剣な表情で見あげている。

「ごめんね、マヤちゃん。それは無理なの。できないのよ。でも、どうして未来に行きたいの？」

「……だって」

少女は下を向いたまま、しばらく黙り込んでいた。そして、目にいっぱい涙をためながらマヤのことを見つめると、心の底から振り絞るような声をだす。

「見てよ。なんでわたしが、こんな子どもたちと一緒に、幼稚園児をやらなくちゃいけないの？先生も大人たちも、みんなみんな子どもじみてる。ここはわたしの居場所じゃない。ねえ、お願い。未来に連れて行ってくれないなら、生まれた星に連れて帰ってよ。この星で子どもを生きるのは、苦痛でしかないんだから……」

マヤは思わず、少女を抱きしめていた。

「マヤちゃん、ありがとう。あなたが、この星で生き抜いてくれたから、未来のわたしは存在しているのよ。マヤちゃんは、未来のわたしのなかで、生きている。ずっと一緒に……。わたしはどんなことがあっても、あなたの味方だから大丈夫……」

窓辺には穏やかな陽射しが差し込んでいた。その光は薄いヴェールのようになって闇をつつみこみ、見るものすべてがキラキラと輝きを放っていた。


少女のやわらかい髪をなでながら未来のマヤはこう言うのだった。

「ねえ、マヤちゃん、いいことを教えてあげようか。

大人になると、粘土がかたくなるように、心も、体も、頭も感性も、みんなかたくなってしまうの。子どものうちは、やわらかい粘土みたいに、どんな形にも自由になれるんだよ。だからマヤちゃんも、やわらかい、ふわふわの粘土のうちに、いろいろなことをやってみようよ」

「へえー、人間って、粘土みたいなんだね」

少女は顔をあげて、好奇心に満ちた瞳でこう尋ねるのだった。

「……ねえ、未来はどんな世界になっているの？」

「そうね……マヤちゃんみたいに、宇宙のお話を覚えている子どもたちが、もっともっと、たくさんいるのよ」

「そうなんだあ。未来も捨てたもんじゃないのね。

じゃあ、もう少しここにいてみてもいいかな……未来のお姉ちゃんのためにもね」

少女は大人びた言葉を発しながら、粘土を半分にちぎり、小さな手を差し出している。

「……え？　マヤちゃんの、大事な大事な粘土をくれるの？」

「そう、未来のわたしに粘土をあげるの。

粘土がね、どんどん小さくなっちゃうのは、未来の人に分けてあげるからなの」

「……」

「今のわたしは未来に行かれないけれど、粘土は未来に行かれるかもしれないでしょ。

これは実験」

「ＯＫ、実験してみよう。実験結果は、21世紀にね」

粘土を受け取り、立ち去ろうとすると、少女は慌てて呼び止めて、最後にこう言うのだった。

「……ねえ待って！　まんマルが、どうして龍になったか、わかったよ！

まんマルはね、宇宙を半分、未来に分けてあげたの……」

少女の瞳は全くぶれることなく、はるか未来の一点を真っすぐに見つめていた。

次元の扉からキラキラと微細な音が聴こえている。

……未来でまた会いましょう。

……きっとだよ。

少女に別れを告げて、再びもとの座標軸へと戻ってゆく。

＊＊＊＊＊

次元の扉の前には、アヌビスがたたずんでいた。キラキラと黄金の光が降りしきるなか、アヌビスは長い首を伸ばし、どこまでも優雅なしぐさでこう尋ねてきた。

「時間を巻き戻して、過去のご自分を救出できましたか？」

なにか不思議な夢を見ていたような感覚になったが、ふと手のひらを開けると、手のなかには、少女からもらった粘土が大事そうに握られていた。

過去の自分を救出したというよりは、反対に過去の自分からなにか大切なことを教えてもらったのかもしれない。少女からもらった小さな粘土を見ているうちに、かたくなに閉ざされていた想いがほどけ、次の領域へと軽やかに進めそうな予感がした。

「あなたは、幼稚園に通っていた二年間というもの、他のことには全く興味を示さず、教室の片隅で、ただひたすら粘土をしていましたね。ただし、客観的に分析してみれば、どれだけ恵まれた環境に置かれていたかということがわかるでしょう。

集団生活において、単独プレーは許されませんから、通常なら二年間も粘土遊びをさせてはくれないでしょう。そういった意味でも、まるで奇跡のように、恵まれた環境に置かれていたことに感謝しましょう。そして、あなたは、この二年間の『粘土生活』を通して、たった独りでも自分の信じる道をゆくこと、まわりがどんなに変わっても、自分は変わらずにいられること、そして、ただひたすらひとつのことをやり抜く、集中力と持久力というものを養ったのです。このスキルは、惑星地球で生き抜く際に、掛け替えのない財産となって、今のあなたを支えているのですよ」

「たしかに、スキルですよね」

これ以上の英才教育があるだろうかとマヤは苦笑いをしていた。

「お忘れですか？　これは偶然ではありません。あなたご自身が、この環境を選んで生まれてきたのですよ。それは、あなただけではありません。人はみな、生まれる前にプログラムを設定してくるのです。すべてのことには意味があるのです。

そして、現在のあなたのなかには、あの少女の想いが生き続けているのですよ。少女に出会って、現在のあなたは、確信めいたものを持ち帰ってきたはずです。

それは、宇宙創生の物語は、すでにご自分のなかにあるということを……」

「たしかに、少女は粘土で宇宙創造の物語を作っていました。今のわたしよりも、よっぽど宇宙のことを覚えていたようです。でも、アヌビス、あの少女の頃から、今のわたしは進化しているのでしょうか？　退化しているとしか思えないのですが……」

「そうですね。過酷な条件下の惑星で生きるには、ある程度の劣化は防げません。あなたは成長過程において、惑星地球の生活に適用しようとするあまりに、本来の姿を手放していったのでしょう。でも、宇宙の叡智は、すでにあなたがたのなかにあり、ただ思い出すだけでいいのですよ」

「アヌビス、これは『劣化』というのでしょうか……。たしかにこの現象は、酸化でも老化でもなく、劣化という表現がピッタリ」

マヤは妙に納得していた。

「結論を先に申しますと、時間を巻き戻して過去の自分を救出する行為とは、軽やかに次元間を飛ぶため、自在に時空を旅するために、必要不可欠なことなのです。

時間を巻き戻し、過去の自分を救出しないかぎり、本来の自分にフォーカスすることは難しいでしょう。そして、本来の自分にフォーカスしなければ、あとから付加された『役割』というものを演じることになります。自分が誰なのか、なんのためにここに来たのか忘れてしまうことでしょう。

人は誰でも、それぞれユニークで、掛け替えのない子ども時代を送ったことでしょう。その経験は人と比べて恵まれているとか、人と比べて大変だったとか、そういう類のものでは決してないのです。ご自分の人生というフィールドのなかで、子ども時代の記憶はどういう位置関係にあるのか、冷静に見つめてみなければなりません。その経験というものを、他者と比較することはできないのです」

アヌビスは、虚空に○を描き、そのなかに十字を書き込み、縦軸と横軸からなる座標軸を設定してゆく。

「よろしいですか、『時間を巻き戻して過去の自分を救出する方法』を、座標軸を使ってご説明しましょう。

まず、現在のあなたを、縦軸と横軸が交わるゼロ地点に置くことです。

そして、縦軸を空間軸、横軸を時間軸と仮定して、この円形の座標軸のなかをスキャニングして、点滅サインがついている場所を探します。

たとえば、今回のターゲット、あなたが〈幼稚園に通っている頃〉：〈幼稚園の教室の片隅〉という時間軸と空間軸を特定しました。

そして、現在のあなたが、ゼロ地点のエネルギーを持って、ターゲットの時空へと意識を飛ばし、そこである種のエネルギー交換をすることになるのです。

もし、過去のご自分とハートの中心でつながることができたなら、その過去の想いをハートの領域に保持して無傷のまま持ち帰ることができます。

通常、時空を旅する者が用いる転送のテクニックですが、ここから先が重要ですのでよく聞いてくださぃ。無傷で持ち帰るためには、ターゲットである過去の座標と、未来の座標をつなぐことです。その際、必ず今ここにあるゼロ地点を中心に『点対称』の位置でつなぐことです。

ワタクシが申しあげていることが、おわかりですか？」

「点対称というと……」

マヤは座標軸を指でなぞりながら、その位置を探していた。

「ようするに、現在のゼロ地点に持ち帰るのではなく、ゼロ地点を通過して、さらに未来の時空へと接続するのです」

アヌビスは円を十字で四分割した座標軸を示しながら、絶対値の説明と、位相を転移させることについて、プラスとマイナスの符号を使い説明していた。円の右上が「＋＋」、右下が「＋－」、左上が「－＋」、左下が「－－」になり、「点対称」の位置を座標で示している。

アヌビスの解説を聞きながら、マヤは粘土で遊んでいた少女のことを思い返していた。別れ際、少女の瞳は全くぶれることなく、はるか未来の一点を真っすぐに見つめていたことを……。

真っすぐな少女の瞳を思い出し、アヌビスが言うところの「未来の時空へと接続する」ということがよく理解できた気がした。そして、なんのために、時間を巻き戻して過去の自分を救出したかという意図も明らかになった。

たとえどんな過去であっても、その過去を生き抜いてきたからこそ、今、現在があることに感謝の気持ちが湧きあがってくる。きっと、相手には相手の事情があったり、子どもの目から見て勘違いしていたこともあったり、自分が大人になってようやく理解できることもあるのだろう。

それでも、孤独な少女の想いは、掛け替えのない光となり、今の自分のなかにしっかりと息づいている。できることなら、過去の自分を抱きしめて、未来へと一緒に連れて行ってあげたいとさえ思う。

……軽やかにならないと、時空を超えることはできない。

「時間を巻き戻し過去の自分を救出する方法」とは、置き去りにした過去の「想い」を、未来へと転送することによって、ゼロ地点を超え、マイナスの記号をプラスの記号に変えてゆく作用があるようだ。過去の負の記憶は、未来時空に転送することによって、掛け替えのない光になる。この方法は、時空を旅する者によって語り継がれてきた奥儀であり、今まで地球では非公開になっていた宇宙情報だという。

「さあ、麗しきエリア#13にアクセスして、聖なる双子の領域へと向かいましょう」と、唐突にアヌビスは言う。

「アヌビス……聖なる双子の領域とはなんですか？」

「聖なる双子の領域とは、エリア#13からアクセス可能な双子の太陽の領域でもあります。あなたは、聖なる双子の領域にアクセスして、今朝見た夢の意味をたしかめてくることです」

「どうして聖なる双子に会わなければいけないのですか？　どうせその双子は愛とか語り出すんでしょ。そんなのカテゴリーエラーだよ」

「その双子は、図形担当の天使でもあるからです」

「アヌビス、そんなの変です。図形担当の天使なんているわけがないですよ。天使がすでに図形なんですから……少なくともわたしの目には、天使と呼ばれているエネルギー体は図形に見えます。もし、図形担当の天使がいるとしたら、すべての天使を掌握《しょうあく》して、他の天使よりひとつ上の次元に立っていなければ、図形的に解釈するとおかしいですよね」

マヤはわけのわからない言い訳をしている。

「これらの図形は時空を旅する者が使う極秘のコードでもありますが、図形をあなたの夢に置いて行ったご本人に、その真相を聞いてみるのが一番の近道、最短距離でしょう」

「でも、どうやってエリア#13まで飛ぶのですか？」

「羅針盤の中央に立って、エリア#13へとアクセスしましょう」

マヤは羅針盤の中央に立ち、大きな深呼吸をする。

「よろしいですか？　まずは、羅針盤の中央をゼロポイントでロックしてください……

羅針盤の中央に座標軸を設定し、その真ん中にゼロポイントを設置します……

そして、ハートの領域にある、八方向の光を感じてください。

光の中心に意識を向けてみましょう……。

宇宙の成長をあらわす数字は、0、1、2、3、5、8、13……の順番に並んでいます。

それはまるで宇宙創造の詩篇のように、永遠のつながりを持っています。

この先どんなことがあっても、この数列の奥義を手放さないでください……。

美と調和が正しい方向を指し示してくれるでしょう……」

アヌビスはそう言い残すと、高い周波数につつまれてだんだんと姿が希薄になってゆく。あたりはまばゆいばかりの光につつまれ、アヌビスの声が遠ざかり、さざ波のように光のなかへと消えてゆく。

……6＋7は、13だけど。

……5＋8も、13になる。

マヤはゼロポイントの図形をイメージして、その中心に意識を向けた。そして、アヌビスからもらった黄金のディスクを取り出して、そこに描かれた図形をジッと見つめていた。右手にはエリア＃5のアクセスコードの図形を、そして左手にはエリア＃8のアクセスコードの図形を持って。そして右手と左手をピッタリとつけて、ゼロポイントに意識を向けて「ゼロ」という言葉を発し、数字の周波数にチューニングしながら数字を数えゆく。

「1」「2」「3」「5」「8」そして、大きな声で「13」と叫んだ瞬間に、ハートの領域に作ったゼロポイントの中心に吸い込まれて行った。

渦に巻き込まれてゆく感覚に翻弄されながら、高周波の耳鳴りの音を聴いているうちに意識が遠のいていったが、ここで気を失うわけにいかない……。

これが最後のアクセスになってもいいから……エリア＃13の世界へゆこう。

聖なる双子の領域へ……。

《下巻につづく》

知恵の紋章の数字バージョン
（汝自身を知れ）

巻末資料

勇気の紋章の数字バージョン
（汝自身で在れ）

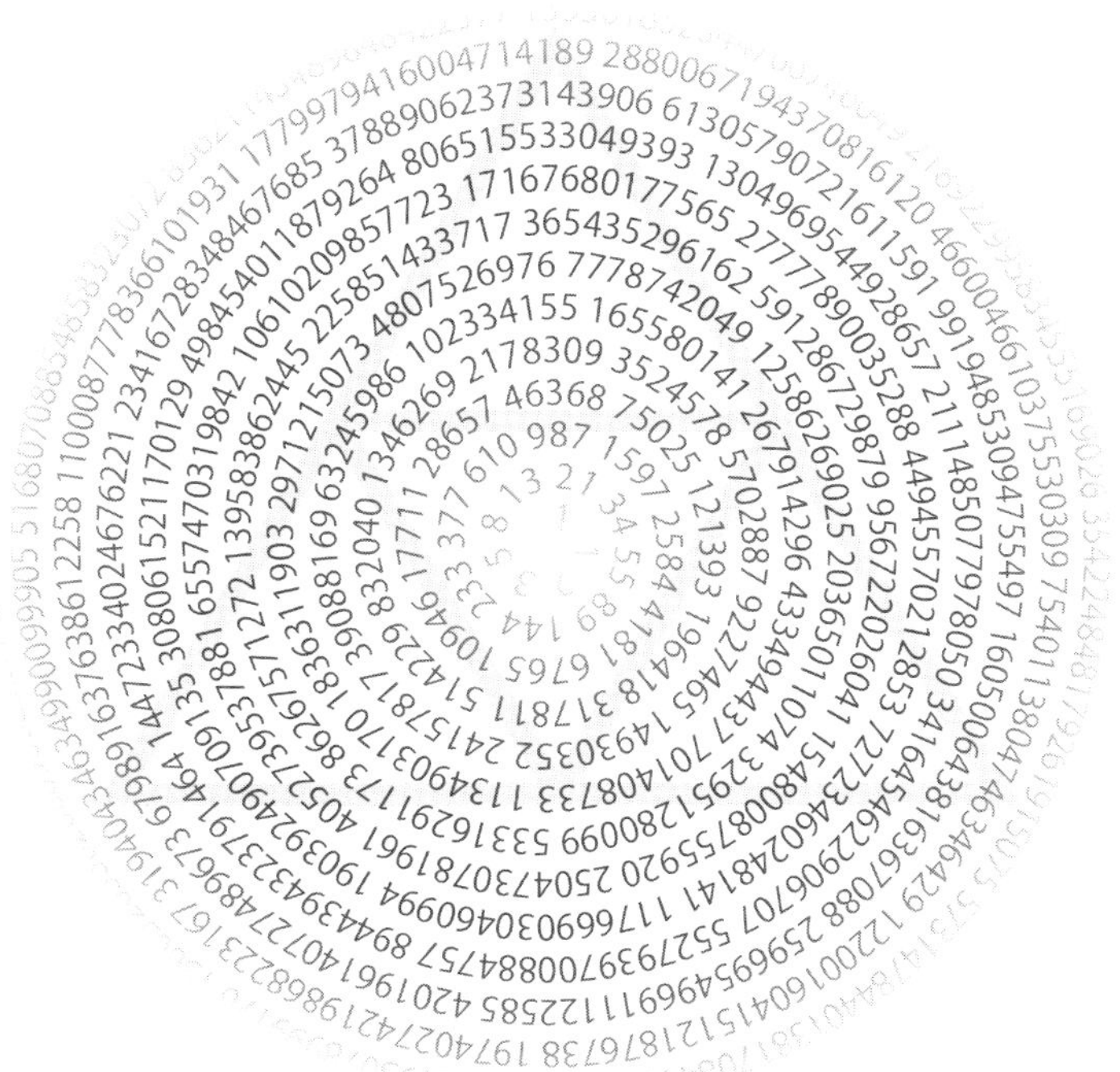

著者紹介……………………………………………………………………………

辻　麻里子（つじ　まりこ）

1964年　横浜生まれ。

幼少時の臨死体験を通して、アカシック・レコードを読むことができるようになった。また、環境NPOの活動にも積極的に関わっており、エコロジカルな生活を提唱していた。

著書に『22を超えてゆけ　CD付』『6と7の架け橋―22を超えてゆけ II』『宇宙の羅針盤―22を超えてゆけ III <下>』『宇宙時計』『藍《あお》の書』（ナチュラルスピリット）『数字のメソッド』『魂の夜明け』などがある。

『Go Beyond 22―The Adventure in the Cosmic Library』（『22を超えてゆけ』英語版）が刊行されている。

2017年宇宙に帰る。

宇宙の羅針盤

22を超えてゆけ・III

＜上＞

●

2010年8月8日　初版発行
2025年6月30日　第5刷発行

著者／辻　麻里子

装丁・図版資料／Infinity88ラボ
本文DTP／大内かなえ

発行者／今井博樹
発行所／株式会社 ナチュラルスピリット
〒101-0052 東京都千代田区神田小川町3-6-10 M.Oビル5階
TEL 03-6450-5938　FAX 03-6450-5978
info@naturalspirit.co.jp
https://www.naturalspirit.co.jp/

印刷所／モリモト印刷株式会社

ISBN978-4-903821-75-7　C0093